## *Introdução*

O livro *"Frankenstein"* foi escrito pela autora inglesa Mary Wollstonecraft Shelley, que nasceu em 30 de agosto de 1797 e faleceu em 1º de fevereiro de 1851.

Publicado em 1818 com o título de *"Frankenstein ou o Moderno Prometeu"*, esta obra é a mais famosa da escritora, que ainda escreveu: *"Matilda"* (1819), *"Prosérpina e Midas"* (1820), *"Valperga"* (1823), *"O Último Homem"* (1826), *"Perkin Warbeck"* (1830), *"Lodore"* (1835), *"Falkner"* (1837), *"Andanças na Alemanha e na Itália"* (1844).

Prometeu é um personagem da mitologia grega e, segundo uma de várias versões de sua "história", era um deus do Olimpo que, por amor à raça humana, teria roubado o *fogo* dos deuses e trazido para os homens, sendo esta a explicação mitológica para a descoberta do fogo, evento fundamental para a evolução da Humanidade.

Em outra versão, Prometeu teria *criado* o ser humano, da mesma maneira que o *Deus* do Judaísmo e do Cristianismo deu início à vida humana no planeta, ao criar Adão e Eva (Bíblia, Antigo Testamento, Livro da Gênese, Capítulo 1 *[versículos 26 e 27]* e Capítulo 2 *[versículos 7 e 22]*). Acredito que seja nesta segunda concepção que se enquadre o *título opcional* "O Moderno **Prometeu**" para a obra-prima de Shelley, uma vez que Victor Frankenstein, o personagem central, consegue, através de experimentos científicos, criar um ser humano, assim como acontece no mito de Prometeu, com a diferença de que este último, sendo um deus, não necessita do auxílio da Ciência.

Um fato curioso é que ficou registrado, na cultura popular, através dos anos, que a criatura "construída" por Victor se chamava **Frankenstein**, ao passo que este nome se refere ao sobrenome de Victor, o cientista. Ao "monstro" criado por Victor não foi dado um nome e o texto de Shelley se refere a ele basicamente como "*Criatura*" ou "*monstro*".

O livro de Mary Shelley é composto de 24 capítulos, distribuídos em 3 partes: a primeira com 8 capítulos, a segunda com 9 capítulos e a terceira com 7 capítulos. Estas partes foram chamadas, no original em inglês, de "Books" (Livros). Neste **1º Volume** que escrevi, fiz uma análise psicológica das chamadas **"Cartas"**, escritas pelo capitão Walton à sua irmã Margaret, nas quais ele conta, entre outras coisas, sobre o resgate de Victor Frankenstein, em um trenó na região próxima ao Polo Norte, quando o cientista estava em perseguição à Criatura à qual ele havia dado vida. Após a sequência das *Cartas*, analisei também os **Capítulos de 1 a 8**, o que finaliza o Livro 1 ou **Primeira Parte** da obra-prima de Shelley.

No presente livro, cada capítulo (incluindo aquele dedicado às "Cartas") traz alguns trechos do original em inglês (traduzidos em notas de rodapé), que me serviram como temas específicos para a análise pretendida. Belas ilustrações de **Carolina Pereira** enriquecem a obra, transportando-nos para a atmosfera de "*Frankenstein*". Além disso, antes de cada capítulo e das *Cartas*, segue um pequeno resumo, que serve para situar o leitor no contexto da história, facilitando o entendimento da interpretação psicológica.

O leitor poderá se questionar acerca do fato de eu ter me empenhado em fazer uma *análise psicológica* de um livro escrito há cerca de 200 anos! É que, mesmo que a autora não tenha necessariamente pensado de comum acordo com a interpretação que faço da sua obra, creio ser possível levantar reflexões acerca do texto, baseando-me em conceitos comuns aos seres humanos em qualquer época da Humanidade: amor, ódio, inveja, sentimento de vingança, atração pela beleza, repugnância pela feiura, entre outros.

Espero que aqueles que se aventurarem nesta leitura possam compartilhar, nas entrelinhas, do entusiasmo com que me propus a "desvendar" um pouco mais deste clássico da literatura do terror, no qual procurei dar maior ênfase, não ao **horror** do desejo de matar da Criatura, puro e simples, mas sim ao **dilema** do Homem – encarnado em Victor Frankenstein – de querer controlar a realidade à sua volta e o rumo que a sua vida vai adotar, quando há uma enorme variedade de fatores que por vezes o obrigam a trilhar caminhos que ele nem havia sequer imaginado. Neste sentido, podemos observar que as próprias **escolhas** da Criatura acabam por fugir ao controle de seu Criador.

No entanto, apesar de todas as dificuldades que a vida pode nos reservar, acredito que, quando estamos dispostos a aceitar as mudanças e "construir" de acordo com cada novo cenário que ela nos apresenta, nossas possibilidades de felicidade aumentam consideravelmente!

## Resumo das Cartas de n$^{os}$ 1 a 4

*Robert Walton é um explorador, capitão de um navio que partiu rumo ao Polo Norte, a fim de chegar ao extremo setentrional da Terra e, com isso, registrar seu nome na História da Humanidade.*

*Ele escreve quatro cartas à sua irmã, Margaret, que está em Londres, descrevendo a paisagem e falando sobre acontecimentos marcantes em sua viagem.*

*Walton confessa, talvez pela 1ª vez, que sonhava em "embarcar nesta aventura" desde criança e que optou por uma viagem difícil e longa, porém que pudesse lhe trazer a glória, em vez de uma vida fácil e confortável.*

*Em determinado momento, o navio fica impedido de prosseguir, devido ao congelamento da água. Walton e sua tripulação estão esperando por uma melhora no clima (com o consequente derretimento do gelo), quando, de repente, avistam algo estranho na superfície branca e gelada: um trenó guiado por um homem de estatura muito alta (bem mais alto do que a estatura média de um ser humano).*

*Na manhã seguinte, a tripulação avista outro trenó, desta vez guiado por um europeu. Walton estava dormindo e, quando acordou, viu os seus homens falando com o "estranho", na tentativa de convencê-lo a subir a bordo. Depois que finalmente conseguem, ele diz ao capitão que a busca pelo conhecimento pode ser algo perigoso, mas que Walton e sua tripulação podem aprender algo com a sua triste história.*

## *Cartas de n$^{os}$ 1 a 4*

> *"I shall satiate my ardent curiosity with the sight of a part of the world never before visited, and may tread a land never before imprinted by the foot of man."* [1]

---

[1] "Eu vou saciar minha curiosidade ardente com a visão de uma parte do mundo nunca visitada anteriormente e percorrerei uma terra que nunca foi antes marcada por pés humanos." *(Carta nº 1)*

"Frankenstein", de Mary Shelley, tem início com quatro cartas do capitão Robert Walton à sua irmã, Margaret. Ele parte em viagem rumo ao Polo Norte, visando à aquisição de conhecimentos científicos para a Humanidade e fama para si próprio, enquanto ela é a destinatária das missivas que contam a história da viagem exploratória de Walton até o ponto em que um "estranho" é salvo e trazido a bordo do navio, decidindo-se, por fim, a contar todo o seu drama.

A figura da viagem de Walton, criada pela autora, é a do "salto" no desconhecido e pode, em termos psicológicos, ser associada à própria vida, pois, assim como a referida viagem, que "escondia" um acontecimento marcante na trajetória do capitão – ou seja, o encontro com o estranho personagem – a vida também é, para nós, o mergulho no "escuro" de um futuro com suas inúmeras possibilidades e traz, em si mesma, uma sucessão de experiências inusitadas que nos marcam de forma definitiva.

> *"I desire the company of a man who could sympathize with me, whose eyes would reply to mine."* [2]

O capitão Walton, prosseguindo em suas anotações, conta a Margaret sobre a sua insatisfação em relação a não ter um amigo com quem possa compartilhar bons e maus momentos. Neste ponto da 2ª carta, podemos fazer uma alusão ao homossexualismo, representado aqui pela falsa ideia de que dois "iguais" irão, necessariamente, compreender melhor um ao outro, em comparação a dois indivíduos de sexos diferentes.

Com isso, não estou fazendo aqui nenhuma crítica ao homossexualismo, mesmo porque a ideia de que possa existir outra pessoa capaz de nos entender completamente – sendo, para nós, como uma "cara-metade" ou "alma gêmea" – não corresponde, na grande maioria das vezes, à realidade, independente de falarmos em relacionamentos hetero ou homossexuais. Em outras palavras: como esperar sermos plenamente compreendidos por outro ser humano,

---

[2] "Desejo a companhia de um homem que se solidarizasse comigo e cujos olhos respondessem aos meus." *(Carta nº 2)*

quando nós mesmos somos incapazes de entender o nosso próprio mundo interior, nossas vontades, nossos desejos, nossas ambições na vida?

*"But success* SHALL *crown my endeavours. ( ... )*
*What can stop the determined heart and resolved will of man? "* [3]

Na Carta nº 3, o capitão Walton busca, através do texto escrito à irmã, enchê-la de otimismo e até, na verdade, reforçar a sua própria autoestima. O excesso de confiança que ele transmite no penúltimo parágrafo desta carta chega às raias da arrogância e, na vida psíquica do ser humano, é uma atitude perigosa, pois acreditar-se infalível ou fingir sê-lo é fechar os olhos para as variáveis da vida, as facetas da existência sobre as quais o homem não tem domínio algum. E deixar-se embriagar pela ideia da infalibilidade da realização de um desejo, de uma vontade ou de um projeto qualquer é estar predisposto à desilusão, ao sentimento esmagador do fracasso ou, até mesmo, contribuir para a instauração de um processo depressivo em nosso aparelho mental. Isto porque a vida estará sempre repleta de "movimentos" que não estão, necessariamente, na mesma direção que nós desejaríamos que estivessem. Na realidade, eles parecem ser, por vezes, até mesmo contrários aos nossos anseios.

Para a estruturação psicológica saudável da mente, é necessário que o ser humano aprenda a lidar com suas frustrações, sabendo que, na vida, ele poderá fazer sempre o seu melhor **dentro das possibilidades** que ela lhe oferecer; que a satisfação do seu desejo esbarra no desejo do(s) outro(s) e que, para resolver esse impasse, tem-se que, por vezes, abrir mão total ou parcialmente dos planos inicialmente traçados. Se um projeto falhar, restará sempre outro pronto a nos desafiar, a nos emocionar.

*"Unhappy man! Do you share my madness? Have you drunk*
*also of the intoxicating draught? Hear me; let me reveal my tale, and*
*you will dash the cup from your lips!"* [4]

---

[3] "Mas o sucesso *irá* coroar meus esforços. (...) O que poderá deter o coração determinado e a vontade resoluta do homem?" *(Carta nº 3)*

A quarta e última carta de Walton à sua irmã, antes de entrarmos nos capítulos propriamente ditos do livro de Shelley, apresenta a visão da Criatura pela tripulação do navio, que, a esta altura, está impedido de prosseguir viagem por causa do gelo. Aquele gigante passa ao longe guiando um trenó puxado por cães e toma a direção do norte.

Algum tempo após aquela aparição, o capitão e sua tripulação entram em contato com um estranho que perseguia a Criatura em outro trenó: trata-se do Dr. Frankenstein, que irá contar a sua história nos capítulos que se seguem às cartas.

No diálogo entre Walton e Frankenstein, verifica-se a mútua cordialidade, a compaixão por parte do primeiro e a tentativa, por parte do segundo, de alertar o capitão quanto ao perigo da falta de limites para a ambição humana, que pode levá-lo a consequências infelizes. O posicionamento do "estranho" em relação à ambição do capitão assemelha-se à postura do pai ou da mãe que, apesar de terem tido a possibilidade da escolha no seu tempo, tentam dissuadir o(a) filho(a) de seguir por um caminho que irá levá-lo(a), provavelmente, às mesmas lágrimas de sofrimento que os pais experimentaram na sua juventude.

É um aspecto nobre do ser humano, que procura, por solidariedade e senso de responsabilidade (por "saber mais" do que o outro que "viveu menos"), evitar que uma situação desagradável vivida por ele se repita na "pele" de uma pessoa que ele ama. Esta é, aliás, a base da própria cultura: uma transmissão de conhecimentos que nos possibilitam "operar" o mundo com mais facilidade e mais perspectivas de sucesso. É claro, entretanto, que não podemos esquecer que é necessário permitir ao outro a tomada de suas próprias decisões, pois também é comum existirem pais (ou outras pessoas que ocupem uma posição equivalente na vida de um indivíduo) que, em nome de um amor que quer evitar que seu(sua) filho(a) "dê cabeçadas" na vida, determinam-lhe o destino – ou, pelo menos, esforçam-se para tal – gerando muitos dissabores!

---

[4] "Infeliz! Você compartilha da minha loucura? Também bebeu do veneno? Escute-me; deixe-me revelar a minha história e você afastará sem demora o cálice de seus lábios!" *(Carta nº 4)*

Por outro lado, nota-se, na advertência daquele estranho, uma alusão à pertinência de existirem limites aos nossos desejos, conforme foi escrito acima, nos comentários à Carta nº 3. Estes limites são psicologicamente fundamentais, pois nos dão a dimensão, na vida, da interatividade que existe entre os seus "participantes" (nós). Em outras palavras, nem tudo o que eu quero eu posso ou *devo* fazer. Nesse segundo aspecto – o "dever" fazer – este  livro de Shelley irá abordar também a questão ética, que é um fator importante para a saúde mental do ser humano e da coletividade, na medida em que estabelece os limites de uns para com os outros, na busca de se construir uma sociedade mais justa e equilibrada.

## Resumo do Capítulo 1

*O "estranho", cujo nome é Victor Frankenstein, começa a contar ao capitão Walton a sua história. Seus pais eram de Genebra e ele havia nascido em Nápoles.*

*O pai de Victor, Alphonse Frankenstein, tinha sido funcionário público por muitos anos, conhecido e respeitado pelas pessoas da comunidade, por sua integridade e sua responsabilidade para com o serviço público.*

*Durante a difícil situação financeira de um grande amigo, de nome Beaufort, Alphonse procurou ajudá-lo, apesar do orgulho de Beaufort, que procurava até se esconder dos que o haviam conhecido nos "tempos áureos" de mercador bem-sucedido. Com a doença e posteriormente a morte de Beaufort, sua filha, Caroline, ficou em uma situação financeira bastante precária e Alphonse a "assumiu em compromisso" (noivado). Mais tarde, os dois se casaram e deram ao seu filho o nome de Victor.*

*Victor foi criado como filho único até por volta dos cinco anos de idade, quando sua mãe adotou Elizabeth Lavenza, órfã de um nobre de Milão e de uma alemã que havia falecido ao dar à luz o bebê (Elizabeth). Com a convivência, as crianças ficaram muito unidas, ao mesmo tempo em que crescia entre elas uma intensa paixão.*

## *Capítulo 1*

*"He ( My father) was respected by all who knew him for his integrity and indefatigable attention to public business."* [5]

O Dr. Frankenstein, no relato de sua história ao capitão Walton, começa falando sobre o seu pai, realçando o aspecto íntegro de sua personalidade. É algo comum no ser humano esta reverência aos valores éticos de um ente querido já falecido, como uma tentativa

---

[5] "Ele (Meu pai) era respeitado por todos que o conheciam por sua integridade e sua obstinada responsabilidade para com os negócios públicos."

de homenageá-lo e reforçar para si próprio os valores "defendidos" por aquele(a) com quem conviveu durante um tempo e que lhe deixou um legado importante de valores, um verdadeiro "tesouro". Ainda que um filho adolescente, por exemplo, viva discutindo com seu pai acerca de princípios sobre os quais eles não concordam, após a morte do pai o filho passa a respeitá-lo mais, falando dele com mais orgulho e realçando seus valores, dizendo, por exemplo: *"Se meu pai estivesse vivo, ele não aceitaria isso."* ; *"Meu pai era muito honesto, não gostava dessas coisas.";* *"Quando eu fazia algo errado, bastava o meu pai olhar para mim e eu já sabia o que tinha feito. "*

Nestes exemplos de discurso, nota-se quase que uma "mitificação" do pai, que passa a ser visto como um ente infalível, um mito, alguém que sempre sabia o que era certo. É claro que esta imagem não corresponde à realidade e sim a um retoque feito na imagem daquela pessoa para minimizar-lhe ou mesmo ocultar-lhe os defeitos, as imperfeições, supervalorizando as suas qualidades. Estamos aqui citando o pai, mas isto pode se dar com qualquer ente querido falecido. É quase uma compensação que oferecemos a alguém que foi tristemente "levado" pela morte. Ao mesmo tempo, sempre que elogiamos a integridade de alguém que morreu, estamos reforçando para nós mesmos o valor do exemplo deixado pelo outro, como uma trilha que devemos seguir.

*"This man (…) could not bear to live in poverty and oblivion in the same country where he had formerly been distinguished for his rank and magnificence."* [6]

A história de Beaufort, amigo do pai de Frankenstein, que, após ter sido um próspero comerciante em Genebra, veio a acabar na miséria, devido a uma série de desventuras, ilustra o duro caminho percorrido por tantos seres humanos e deve servir, para nós, como um modelo, no sentido de buscarmos um equilíbrio em tudo na vida, não

---

[6] "Este homem (...) não poderia suportar viver na pobreza e no esquecimento no mesmo país onde havia sido anteriormente reconhecido por sua posição e sua importância."

podendo a área financeira ser considerada uma exceção a esta "regra".

Qualquer excesso na vida é capaz de desencadear, em nosso aparelho psíquico, um processo patológico. No caso do dinheiro mal empregado, ao mergulhar em dívidas e, consequentemente, saber-se em débito com várias pessoas/empresas, o indivíduo gera em si um sentimento que, por mais que se esforce em negar para si mesmo, afeta a sua autoestima, pois coloca em dúvida a sua capacidade como administrador das próprias finanças. Outro fator que depõe contra o "devedor compulsivo" é o fato de que, quando ele diz a alguém, por exemplo, *"Eu vou te pagar amanhã."* e não o faz, perde cada vez mais a credibilidade em si mesmo, o que resulta no "falar sem compromisso com a realidade", ou seja, ele vai prometendo e se comprometendo com os outros como se fosse um personagem de uma peça de teatro, na qual o ator que está "por trás" não deve se envolver em demasia com a fala do personagem. Isto, no campo psicológico, gera a *mentira compulsiva,* com a perda cada vez mais acentuada da distinção entre o que é real e o que é mentira, quando esta passa a ser uma ***segunda verdade.***

No caso de Beaufort, o orgulho e a inflexibilidade o levam a mudar de região, após ter saldado todos os débitos, por não suportar a ideia de se ver pobre e esquecido na mesma localidade onde havia outrora sido tão próspero! E quantos seres humanos, em situação idêntica, não tentam ou mesmo cometem o suicídio? Devemos nos conscientizar de que a nossa posição social é, como o nome diz, uma *posição.* Ela pode mudar, dependendo das circunstâncias da vida, mas o ser humano que está "por trás" desta posição, esse deve ser cultivado para que mude apenas para melhor, ou seja, para um estado cada vez mais maduro, mais equilibrado, mais feliz.

Não quero, com isso, afirmar que uma situação de miséria não seja um motivo "real" para o desespero; só estou aqui tentando dizer que, quando o ser humano considera a posição social como algo passível de ser alterado, é mais fácil lidar com a nova condição que a vida lhe apresenta, pois ele busca uma adaptação, ao invés de se recusar a aceitar a mudança como algo sequer possível.

A mesma necessidade de aceitação de uma nova posição social, com a consequente adaptação do indivíduo à mesma, se dá – de maneira mais "suave" do que na situação de (tentativa de) suicídio mencionada acima – nos casos de aposentadoria, nos quais o ser humano se vê, de uma hora para outra, executando outro papel social, no qual ele não exerce diretamente uma função na engrenagem social através do seu trabalho. Ainda assim, ele recebe uma remuneração mensal, normalmente inferior à que recebia em "atividade", através da qual a sociedade busca compensá-lo por todos os anos de serviços prestados e garantir-lhe uma velhice sem a necessidade de trabalhar para a sobrevivência, já que, naturalmente, não tem mais a mesma energia de um jovem de 20 ou 30 anos.

Quando, nesta situação, o ser humano só consegue ver sua imagem como associada à função que exercia no trabalho, ao se aposentar ele irá se sentir como se tivesse sido privado de uma parte importante de sua própria personalidade, acabando por lançar-se em um processo depressivo. Em termos psicoterápicos, devemos sempre nos lembrar de que o que realmente importa não é a função (cargo) que desempenhamos em uma empresa, a quantidade de dinheiro em nossa conta bancária nem o fato de termos ou não um marido ou uma esposa ao nosso lado. Estes são papéis sociais, que são tão mutáveis em nossa caminhada quanta o é a própria vida.

É claro que devemos nos preocupar com o emprego, com a condição financeira que temos, com nossa aceitação pelos grupos sociais aos quais pertencemos, mas o essencial é cuidarmos do nosso "mundo interior", estruturá-lo de maneira saudável, pois ele irá sempre nos acompanhar, visto que é parte integrante do nosso "eu", independente de *quem* somos para a sociedade.

> *"There was a considerable difference between the ages of my parents..."* [7]

Nesta parte do capítulo 1, a autora aborda o tema da união entre pessoas de idades bem diferentes (acentuada diferença de idade). Embora, em um primeiro olhar, possa parecer uma relação fadada ao fracasso devido à diferença de experiências e gostos entre cada uma das gerações envolvidas, há determinados componentes psicológicos que podem atuar a favor da atração entre os integrantes do casal.

---

[7] "Havia uma diferença considerável entre as idades de meus pais..."

Quando um homem mais velho se sente atraído por uma mulher bem mais nova, a atração se dá pela energia sexual que ela "transpira", aos olhos do homem; pela ideia de que, ao satisfazê-la sexualmente, ele estará provando a si mesmo que continua sendo viril e capaz de dar prazer a uma mulher jovem, vencendo a "competição" com os homens da faixa etária dela; além disso, há o fator da atração por um ser "virginal", como se o homem estivesse seduzindo uma adolescente que mal entrou na puberdade ou até mesmo a sua própria filha. Com este último fator abordado neste parágrafo, quero deixar claro que **não estou** fazendo aqui nenhuma apologia à pedofilia ou ao abuso sexual de filhas por seus pais, só estou dizendo que esta atração está "por trás" de muitos processos "normais" de relacionamentos humanos.

De modo análogo, quando uma mulher mais velha é atraída por um homem bem mais novo, podemos fazer uma análise dos fatores que a levam a essa atração, que difere um pouco do caso anterior (homem mais velho e mulher bem mais jovem). A mulher mais velha se sente atraída pela virilidade que o homem mais jovem "transmite", a possibilidade de ter ao seu lado um homem que na cama a trate, ao mesmo tempo, como uma "fêmea" e uma "lady", sendo viril o bastante para "arrancar", de seu corpo de mulher madura, gemidos de um prazer talvez há tempos reprimido, e sendo, por outro lado, delicado o bastante para priorizar o prazer e o bem-estar feminino em detrimento do seu próprio. Neste caso, a mulher pode ter a fantasia de estar seduzindo um adolescente em fase de descoberta do próprio corpo, cheio de energia sexual concentrada, e ela irá "ceder" o seu corpo de "mãe" para que ele o explore e conheça, através deste corpo, o mundo do desabrochar sexual. Aliás, como a mãe experimenta, por vezes, uma atração pelo seu próprio filho (ou um dos filhos, quando existem mais de um), o relacionamento com um homem mais novo pode ser uma oportunidade para a mulher mais velha "viver" esta fantasia sem ter que incorrer no incesto ou no crime de sedução de menores.

Nos dois parágrafos anteriores, falei apenas de relações heterossexuais, mas nos relacionamentos homossexuais também podemos encontrar fantasias mais ou menos semelhantes, pois, embora os indivíduos sejam do mesmo sexo, um deles pode se *ver* mais como o "homem" da relação, o outro mais como a "mulher" e vice-versa, dependendo dos padrões que a relação segue ou até mesmo do momento, pois os papéis sociais do homem e da mulher são passíveis de influência cultural e, portanto, são sempre suscetíveis a mudanças, em função do meio em que o par está inserido. Por exemplo, os modelos que a sociedade do século XIX [8] tinha acerca de "homem" e "mulher" eram diferentes dos padrões que a nossa sociedade atual atribui a estes dois gêneros. Por outro lado, ainda hoje, podemos verificar outras diferenças entre os gêneros, se considerarmos as divergências existentes entre as sociedades ocidental e oriental, por exemplo.

Procurei abordar aqui a atração que a pessoa mais velha sente em relação a alguém mais jovem. Na situação inversa, além de poder haver, para o indivíduo mais jovem, uma reprimida atração por seu pai ou sua mãe, há fatores de cunho financeiro, quando o individuo mais velho é rico ou tem uma condição financeira mais estável.

Voltando um pouco ao assunto da pedofilia, gostaria de ressaltar que ela constitui um crime e, aos olhos da Psicologia, é também uma agressão praticada por um adulto contra uma criança ou um(a) adolescente, que não possui condições psicológicas para discernir claramente sobre o rumo que quer dar ao seu desenvolvimento sexual. Para um adulto, na maioria dos casos, há a possibilidade de, ainda que se tenha vontade de "embarcar" em um relacionamento sexual com outro adulto, recusar este envolvimento, por acreditar que o mesmo poderá resultar em algo danoso ou mesmo pouco "produtivo". Já a criança e o adolescente, por não possuírem a maturidade necessária para o ato sexual com um "consentimento consciente", não estão aptos a fazerem suas escolhas com liberdade. Além disso, pela sua própria constituição física, crianças e adolescentes ainda são vítimas de abuso sexual por parte de um adulto mais forte fisicamente.

O que quero salientar neste estudo, mais uma vez, é que a *fantasia* de sedução de um ser mais "puro" por outro mais "experiente" pode ser utilizada – e frequentemente o é, de forma inconsciente – como atrativo entre pessoas de grande diferença etária, de forma saudável, uma vez que o relacionamento estará se dando entre adultos. Essa atração e essas fantasias podem chocar em um primeiro momento, mas têm a possibilidade de serem "canalizadas", a fim de

---

[8] Século em que o livro "Frankenstein" foi publicado (primeira publicação em 1818).

que seja possível satisfazermos e vivermos nossos desejos sem a prática de atos violentos e/ou criminosos contra outras pessoas.

*"This, to my mother, was more than a duty; it was a necessity, a passion – remembering what she had suffered, and how she had been relieved – for her to act in her turn the guardian angel to the afflicted."* [9]

Outro aspecto interessante que podemos observar neste capítulo 1 é a descrição do altruísmo, da caridade como uma característica marcante da personalidade de Caroline Beaufort, mãe do Dr. Frankenstein. Quando um ser humano, em condições semelhantes às dela, passa por uma grande necessidade financeira, chegando a uma situação de (completa) miséria e conseguindo, com o tempo, "dar a volta por cima", seja através do trabalho, de um casamento financeiramente "vantajoso" ou outros meios, há, pelo menos, dois comportamentos possíveis, que são "disparados" como resposta ao trauma:

• A pessoa pode dar vazão a todo tipo de "desejo de consumo" que ela possui, tornando-se um indivíduo esbanjador, que preza por usufruir hoje tudo o que, em outra época, não lhe era possível aproveitar porque não tinha dinheiro (suficiente). Esse indivíduo pode dilapidar seus bens, entrar em dívidas astronômicas e tornar-se uma pessoa cada vez mais ansiosa, pela incerteza quanto ao futuro, que pode até levá-la de volta ao temido "ponto de partida": a pobreza ou mesmo a miséria.

• A pessoa pode, também, buscar o caminho da caridade, no qual ela utiliza os recursos que lhe estão ao alcance no momento para suavizar a dor do outro, que se encontra agora no mesmo estado de pobreza/miséria que ela viveu antes. Esta segunda possibilidade, deixando de lado o conceito religioso da caridade e até mesmo o bom sentimento gerado em nosso coração e em nossa mente quando nos sabemos responsáveis (ainda que em parte) pelo sorriso e pelo alívio

---

[9] "Isso, para minha mãe, era mais do que uma obrigação; era uma paixão, uma necessidade – lembrando-se do que ela havia sofrido e de como havia sido confortada – de ser, por sua vez, o anjo da guarda dos aflitos."

do outro, também pode ocultar, em termos psicológicos, um "acordo" secreto feito com Deus no sentido de que, já que a pessoa está ajudando os outros, ela está isenta de "ter que passar" por aquilo novamente. Isso se torna problemático quando o indivíduo, após ter prestado auxílio a outras pessoas, sofre um grande revés na vida e se acha injustiçado, tornando-se revoltado com a vida e com a própria divindade.

> *"...the kind of relation in which she stood to me – my more than sister, since till death she was to be mine only."* [10]

Nessas palavras acima descritas, a autora mostra a instauração, no Dr. Frankenstein, de um sentimento de possessividade em relação a Elizabeth, sua irmã de criação. Este sentimento pode ser visto nas mais variadas relações: entre um pai/uma mãe e seus filhos, entre irmãos, entre amigos, entre marido e mulher, etc. É quando o indivíduo possessivo "enxerga" o outro como uma extensão de si próprio, sem que o segundo tenha qualquer direito que não esteja relacionado à satisfação das vontades e expectativas do primeiro.

Quando consideramos o outro meramente como veículo para atingir nossos objetivos de satisfação/autorrealização, abre-se uma "porta" que pode também levar a outros problemas, como o abuso moral e o abuso sexual. No primeiro caso, a coação é mais no nível psicológico, através de palavras ofensivas e que tendem a não reconhecer o outro como indivíduo, como pessoa. Na segunda forma de abuso, temos a coação através da violência física, visando à satisfação sexual do agressor (possessivo). É claro que nem todos os casos de possessividade envolvem o abuso sexual, mas creio que o abuso moral esteja sempre presente.

---

[10] "...o tipo de relação que ela representava para mim – minha mais do que irmã, já que, até a morte, ela seria somente minha."

## Resumo do Capítulo 2

*Enquanto Victor e Elizabeth cresciam, as diferenças entre suas personalidades se tornavam cada vez mais evidentes, embora estas diferenças em nada contribuíssem para afastá-los um do outro: ela era de um temperamento mais calmo e mais inclinado à poesia e à arte de um modo geral, ao passo que Victor tinha, desde cedo, o interesse voltado às causas dos fenômenos naturais.*

*Com o nascimento do segundo filho de Alphonse e Caroline, de nome Ernest, sete anos mais novo que Victor, a família se fixou em Genebra. Frankenstein desenvolve uma grande amizade com o seu colega de escola, Henry Clerval, filho de um comerciante de Genebra. Clerval gostava de ler e escrever histórias, algumas das quais eram transformadas, por ele mesmo, em "peças teatrais", encenadas juntamente com Victor e Elizabeth.*

*Através da valorização da Beleza pela arte, Elizabeth transmite aos dois companheiros de infância a perspectiva de se desvendar a Natureza em todas as suas manifestações "artísticas". Por outro lado, Victor, notadamente após o incidente do raio que, durante uma tempestade (quando o jovem tinha quinze anos), atingiu uma árvore destruindo-a de forma devastadora, decide por dedicar-se mais e mais ao conhecimento da Natureza e dos seus mistérios através da Ciência.*

## Capítulo 2

*"I was indifferent, therefore, to my school-fellows in general; but I united myself in the bonds of the closest friendship to one among them."* [11]

Frankenstein, ao falar sobre a amizade que nutria por Henry Clerval, nos remete ao fato de ser este sentimento uma escolha, pois, dentre todas as pessoas que conhecemos, elegemos uma ou algumas

---

[11] "Eu era indiferente, portanto, aos meus colegas de escola em geral; porém, estava ligado por laços da mais forte amizade a um dentre eles."

com as quais temos uma maior **sintonia** para guardá-las, em nosso coração, na "gaveta" destinada à amizade.

No entanto, nem todas as pessoas conseguem encontrar (ou eleger) ao menos um amigo na vida. Há, ainda, o caso de o indivíduo se considerar amigo de uma outra pessoa, que, por sua vez, não o considera como tal.

A amizade representa um conceito que não é propriamente claro, pois o que uns consideram como amizade pode ser visto por outros indivíduos como abuso, desrespeito aos limites do outro, etc. A seguir, vamos exemplificar brevemente em duas situações:

- Uma pessoa pode considerar que ser amigo é não ter tanta "cerimônia" para com o outro e praticamente "convidar-se" para almoçar no fim de semana na casa do amigo, que fica, às vezes, em uma situação delicada, se quer, por exemplo, passar o domingo de uma forma mais reservada, com a mulher e filhos.
- Um indivíduo pode considerar que, se o seu amigo recebe um bom salário, deverá prontamente lhe emprestar dinheiro – dívida que, muitas vezes, nunca será paga – para cobrir empréstimos que o primeiro fez, por não saber gerir os próprios recursos ou querer levar um padrão de vida acima de suas possibilidades.

Não quero afirmar, com estes exemplos, que um amigo não deva, *dentro de suas possibilidades,* ajudar o outro em uma situação econômica desfavorável ou convidá-lo para almoçar em sua casa, junto com a família. Mas, ao outro caberá, também, procurar respeitar a amizade, fazendo o máximo para não incomodar demasiadamente o seu amigo com problemas financeiros ou, quando estiver almoçando na casa dele, lembrar-se de que, apesar da intimidade entre ambos, a casa é um ambiente familiar *construído por ele* e que, portanto, lhe pertence. Além disso, uma visita deverá levar o tempo suficiente: nem pouco (para não representar indelicadeza com os donos da casa) nem muito tempo (para não se tornar incômoda).

A relação de amizade deve ser, a meu ver, uma relação entre iguais, sem que um dependa do outro. Ambos os amigos devem "curtir" o tempo que compartilham juntos, mas devem respeitar as individualidades um do outro. Amigos podem, pelas circunstâncias da vida, ficar um tempo sem se verem, mas a amizade, quando é verdadeira, sempre os unirá e tornará o reencontro extremamente agradável, como se o tempo de "espera" tivesse voado! Creio, ainda, que não deverá haver cobrança da parte de nenhum dos amigos: eles se verão quando puderem ou mesmo quiserem. A propósito, ouvi certa vez uma frase interessante em um filme: *"Amigos não devem nada (uns aos outros); fazem (ajudam) porque querem."*

*"When I mingled with other families I distinctly discerned how peculiarly fortunate my lot was, and gratitude assisted the development of filial love."* [12]

O sentimento de gratidão é um aspecto psicológico importante e confere ao ser humano uma humildade que, desde que não implique em menosprezo de si próprio em função dos outros, pode ser algo útil do ponto de vista mental.

Quando somos gratos *à vida* – ou, para os religiosos, a *Deus* – pelas condições atuais que se apresentam ao nosso viver, reconhecendo que elas poderiam ser ruins ou não tão boas quanto as que estamos experimentando, conseguimos concentrar nossos esforços na valorização do momento presente e mesmo nos solidarizar com as outras pessoas que não possuem a mesma "sorte". Isto nos toma mais "humanos", ao vivermos um presente com mais intensidade e sermos capazes de sentimentos (e ações) de solidariedade e de caridade para com o outro, o que contribui, enfim, para a formação de uma sociedade mais "viva", mais justa, mais integrada pela cidadania de seus membros.

O reconhecimento que o jovem Frankenstein tem de sua infância como sendo cheia de conforto e cuidados por parte de seus pais resulta na gratidão filial que sente. E, quando uma pessoa reconhece que outras, que foram responsáveis por sua criação (os pais, neste caso), tiveram mérito pelo "bom trabalho", que poderia ter sido "insatisfatório" ou mesmo ruim, aumentam-se as chances de que esta pessoa venha a se tornar, por sua vez, um bom pai ou uma boa mãe, na tentativa de repetir/passar adiante o bom exemplo.

---

[12] "Quando eu tinha contato com outras famílias, percebia claramente o quanto a minha vida era feliz e a gratidão se juntava ao desenvolvimento do amor filial."

> *"Meanwhile Clerval occupied himself, so to speak, with the moral relations of things."* [13]

Henry Clerval é a representação da pessoa que coloca, na vida, os valores morais no "topo da pirâmide" (*objetivo maior*) e, por conseguinte, acima dos valores materiais e do próprio conhecimento científico, o qual, não sendo, em sua essência, exclusivamente **material** [14], tende por vezes à "materialidade", na medida em que visa a um controle maior da natureza através do desenvolvimento tecnológico.

À primeira vista, poderíamos pensar que o gosto pela Beleza, expressado na figura de Elizabeth, que ama a poesia, independe de questões éticas, pois, quando apreciamos a beleza de alguém ou de alguma coisa, o fato de este indivíduo ser bom/mau ou o fato de esta coisa poder ou não representar algum dano a alguém não influi no seu aspecto estético.

No entanto, no ato de revelar para Clerval a beleza do "fazer o bem" como o objetivo maior da vida (*"...had she not unfolded to him the real loveliness of beneficence and made the doing good the end and aim of his soaring ambition."* [15]), ela demonstra que a Beleza deve, por excelência, ser **ética**, pois, uma vez que a estética está ligada à **harmonia** que algo belo provoca aos olhos e à alma do observador, ao menor sinal de maldade, de crueldade, esta harmonia estaria ameaçada. Isto porque o sofrimento, a dor causada a outrem é algo desarmônico, incapaz de trazer serenidade, plenitude a quem pratica o mal e, muito menos, de produzir qualquer sentimento de paz em quem o sofre.

---

[13] "Enquanto isso, Clerval se ocupava, por assim dizer, com as relações morais das coisas."

[14] O conhecimento científico também visa ao desenvolvimento intelectual da Humanidade e, neste sentido, ele não teria uma finalidade apenas material.

[15] "...se ela não tivesse desvelado para ele o fascínio real da beneficência e tornado a prática do bem o fim último e o objetivo de sua sublime ambição."

> *"I feel exquisite pleasure in dwelling on the recollection of childhood, before misfortune had tainted my mind and changed its bright visions ( ... ) into gloomy and narrow reflections."* [16]

Ao sentirmos prazer na recordação de momentos agradáveis de nossa vida, tornamos estes momentos ainda *vivos* em nossa memória, trazendo-os para compor o momento presente, "atualizando-os". Este é um recurso psicológico bastante útil, pois, de certa forma, "reeditamos" aqueles momentos, que podem *emprestar* a um presente um tanto quanto obscuro as cores de experiências passadas bem-sucedidas (sob a nossa própria ótica) e isto pode nos proporcionar a esperança e a vontade de mudar o rumo do momento atual, para uma direção mais próxima àquela tomada em nosso passado.

Entretanto, não devemos nos esquecer de que aquele momento idealizado e "estático" que temos em nossa memória é *único* e nunca vamos conseguir repeti-lo – nem mesmo os sentimentos que ele nos proporcionou – seja no presente, seja no futuro. E, partindo desse princípio do caráter único e "intransferível" (pessoal) de cada experiência, podemos concluir que este momento atual também é único e não será nunca mais revivido *da mesma maneira.* Portanto, se ele representa algo agradável para nós, é melhor aproveitarmos o que pudermos (ou mesmo o que acharmos que devemos); se nos causa dor, saibamos que ele também passará...

É claro que uma experiência negativa pode se estender por um longo tempo, como no caso de uma doença grave, por exemplo. Porém, quando o indivíduo consegue se "enxergar" a partir da perspectiva do Ser, da Essência que é *atemporal,* não se *deixando fixar* a nenhuma época, a sua dimensão se amplia e ele se reconhece sempre jovem de espírito, ainda que o seu corpo envelheça e/ou adoeça. Não se reconhece limitado pelas funções sociais que desempenha (pai, mãe, filho, filha,...), mas sim como um ser único, cheio de possibilidades a cada instante. O momento agradável do passado continuará na memória e poderá ser sempre "renovado" através do *olhar* de um presente que está em constante movimento.

---

[16] "Sinto um raro prazer em me estender nas lembranças da infância, antes de a desgraça haver corrompido a minha mente e transformado as suas deslumbrantes visões (...) em tristes e limitadas reflexões."

*"...but what glory would attend the discovery if I could banish disease from the human frame and render man invulnerable to any but a violent death!"* [17]

Na ambição de Victor pelo conhecimento científico como forma de controle da natureza e, neste caso, até mesmo da duração da vida humana – isentando o homem da morte que não fosse por um acontecimento brusco ou brutal – vemos uma intenção nobre: a de utilizar o conhecimento adquirido pela ciência através dos séculos para melhorar a qualidade da vida humana na Terra.

Por outro lado, a tentativa de controlar a realidade ao nosso redor pode se tornar uma ambição desmedida e "fadada ao fracasso", na medida em que há aspectos da vida que não podemos "tocar", que parecem ter "vida" própria, independente da nossa vontade. É o campo de possibilidades que a vida apresenta e que o senso comum, por vezes, chama de *acaso*. Até mesmo na área da ciência, o conhecimento tecnológico tem suas limitações; caso contrário, não estaríamos, no mundo, às voltas com tantas catástrofes naturais.

Uma postura mais "saudável" com relação à realidade externa, em termos psicológicos, seria, a meu ver, a de *interagir* com a vida de forma equilibrada, sabendo que ela, com as limitações que nos impõe, define sempre para nós o raio de "alcance" de nossa ambição e que, mesmo dentro desse raio, nossas realizações ocuparão um espaço *reduzido*. Em outras palavras: é importante lutar pela realização do que queremos, mas é *imprescindível* saber que só conseguiremos transformar em realidade, na melhor das hipóteses, uma fração deste projeto. O essencial é estar sempre caminhando, mesmo porque não sabemos nunca até onde podemos chegar.

---

[17] "...mas imaginem qual seria a glória da descoberta através da qual eu pudesse banir a doença do corpo humano e tornar o homem invulnerável a qualquer tipo de morte que não fosse violenta!"

## Resumo do Capítulo 3

*Aos dezessete anos, os pais de Victor decidem enviá-lo para estudar na Universidade de Ingolstadt.*

*Elizabeth fica gravemente doente e é cuidada por Caroline, mãe de Victor. A moça fica curada, mas Caroline acaba contraindo a doença ao contato constante com a jovem. Em seu leito de morte, ela pede a Elizabeth que a substitua no papel de "mãe" para os filhos menores (Ernest e William) e se case com Victor. A morte de sua mãe impulsiona Victor a querer dominar o conhecimento da natureza e, assim, conseguir "vencer" a morte.*

*Apesar de estar muito ligado afetivamente à sua família e ao amigo Clerval, Frankenstein parte para a Universidade. Logo ele percebe claramente a distinção entre dois tipos de professores, os quais ele "personifica" nas figuras do Sr. Krempe, que apenas considera "ciência" aquilo que foi provado pelos modernos métodos científicos (da época), e do Sr. Waldman, que, apesar de valorizar a ciência moderna pelo que ela **realiza**, não deixa de enfatizar o ideal científico dos "antigos", ou seja, o de conhecer as leis naturais para manipulá-las de acordo com a necessidade humana.*

## Capítulo 3

> *"And why should I describe a sorrow which all have felt, and must feel?"* [18]

Um dos aspectos importantes abordados neste capítulo é a questão da morte, com sua característica de ser um fato alheio à nossa vontade, excetuando-se aqui, talvez, os casos de suicídio, porém levando-se em conta que, mesmo nestes casos, nem todas as tentativas (de suicídio) resultam efetivamente no **objetivo** pretendido (a morte), conduzindo o indivíduo, muitas vezes, a estados de grandes

---

[18] "E por que eu deveria descrever uma tristeza que todos sentiram e devem (ainda) sentir?"

limitações físicas, decorrentes da intensidade da agressão sofrida pelo organismo. Podemos, portanto, reafirmar ser a morte, de um modo geral, um fato **alheio** à vontade humana.

Por essa razão, todos nós, algum dia, já nos deparamos ou ainda nos depararemos com a morte de alguém que amamos ou que é, de qualquer forma, importante em nossas vidas. E, como na maioria das vezes, o impacto de tal acontecimento é muito grande, torna-se necessário que estejamos minimamente **preparados** para tanto. O mesmo se dá, comparativamente, quando, ao nos prevenirmos de doenças cuja manifestação em nosso organismo é favorecida pelo estado debilitado de nosso sistema imunológico, buscamos ter uma alimentação saudável, horas de sono em quantidade suficiente, entre outras medidas.

No presente capítulo, Victor se depara com a morte da sua mãe, Caroline, que contraiu escarlatina [19] ao cuidar de Elizabeth, que havia ficado gravemente doente. A jovem ficou curada, mas a mãe de Frankenstein não teve a mesma sorte. Ele fica muito abalado com esta perda e isto reforça em seu interior o desejo de **desvendar** os mistérios da Natureza e conseguir descobrir a "fórmula" para impedir que o ser humano continuasse a conviver com a morte [20].

E, com relação à morte, o "preparo" se dá quando procuramos encarar esta questão como um processo natural, ao qual todos nós

---

[19] Doença infecciosa e contagiosa aguda causada pela bactéria *Streptococcus pyogenes*, que atinge principalmente as crianças, sendo facilmente tratável com penicilina ou outros antibióticos. A escarlatina é quase sempre uma complicação da amigdalite/faringite estreptocócica, aparecendo cerca de dois dias após o início dos sintomas desta. A sua transmissão acontece por gotículas de saliva ou outras secreções infectadas, que são expelidas por via nasal, tosse, espirros e pela respiração, ou ainda através do contacto com vestuário e objetos contaminados, caso a pessoa coloque a mão no nariz e na boca depois. (Informação extraída da *"Wikipedia"*, no endereço eletrônico *https://pt.wikipedia.org*.)

[20] Pensamento de certo modo análogo ao de Sidarta Gautama (cujo tempo de vida, estima-se, foi de 563 a.C. a 483 a.C.), príncipe da região do atual Nepal, que ficou famoso por se tornar um mestre espiritual e fundar o Budismo. Sidarta é mais conhecido como "Buda", embora este termo signifique *"o desperto"* e seja utilizado também para outros mestres do Budismo. O ideal de Sidarta foi o de superar a doença, a velhice e a morte através do ascetismo, ou seja, da prática da renúncia ao prazer.

estamos sujeitos e que *vai* acontecer, mais cedo ou mais tarde; quando buscamos colocar o foco nas relações com o mundo ao nosso redor – pessoas, animais de estimação, plantas, natureza em geral – vendo, no momento presente, a oportunidade de lidarmos com a vida da melhor maneira possível, utilizando o aprendizado que tivemos com o nosso passado e "construindo" o futuro, com ações que visem a manter uma situação confortável (caso a tenhamos no presente) ou a melhorar uma realidade atual (quando esta nos é desfavorável).

Isso não significa que não sofreremos com os momentos dolorosos que se seguem à morte de um ente querido, porém poderemos melhor *integrar* estes momentos ao nosso "eu", de forma a ter daquela pessoa uma imagem "positiva", com aquilo de bom que aprendemos com seu convívio, sem, no entanto, transformá-la em herói ou mito [21], e sim com uma visão mais *real* de suas virtudes, fraquezas e esforços para se tornar um ser humano melhor, características que podemos utilizar (imitar) ou mesmo rejeitar em nossa própria vida.

*"I was now alone. (…) I must form my own friends and be my own protector."* [22]

No trecho acima, Frankenstein fala de sua solidão, pois, indo estudar na Universidade de Ingolstadt [23], ele iria se separar de sua família, de seu amigo Clerval e de Elizabeth, a sua querida irmã de criação. Naquele momento, ele estava se dando conta de que, a partir daquela etapa de sua vida, iria ter que formar/escolher seus círculos de amigos e, nas palavras da autora, "ser seu próprio protetor".

Ao analisarmos a nossa vida de maneira mais *realista* – isto é, sem nos fixarmos tanto às questões emocionais, que têm em si grande importância, mas que devem ser relativizadas a fim de que possamos viver de maneira mais saudável, em termos psicológicos – poderemos

---

[21] Conforme foi abordado no início do Capítulo 1 do presente trabalho.

[22] "Eu estava sozinho agora. (...) teria que constituir meus próprios amigos e ser meu próprio protetor."

[23] Universidade fundada em 1472, situada na cidade de mesmo nome (em território alemão, no atual estado da Baviera) e que teve suas atividades encerradas em 1800, devido à ameaça de ataque francês.

observar que, de fato, nascemos e morremos **sós**. Desejo, neste ponto, solidarizar-me com o leitor, a fim de que o mesmo não se sinta um tanto quanto "desamparado", caso venha a concordar comigo acerca deste tópico. É que, na verdade, após sermos capazes de raciocinar e proceder às nossas escolhas, as decisões serão de nossa inteira responsabilidade. Não devemos nem podemos, portanto, culpar a ninguém por termos escolhido de forma equivocada.

Além disso, mesmo no período em que ainda não possuíamos uma **consciência** de *quem/o que* éramos (vida intrauterina e início da infância), **só nós** próprios tínhamos acesso ao que verdadeiramente se passava em nosso interior. A solidão estava lá presente e sempre estará, pois o nosso corpo é uma nave tripulada por uma só pessoa (alma). Porém, a solidão não deve significar tristeza ou angústia por estarmos sós; deve, ao contrário, gerar uma tranquilidade de se ter acesso a um local seguro e privado, que é a nossa própria individualidade.

Quando o ser humano busca o fortalecimento interior através da estruturação e do conhecimento de si mesmo, pode olhar para a amizade como um **complemento** e não como aspecto essencial de sua vida. Com isso, ele sabe que, em última análise, deverá contar apenas consigo mesmo – e, no caso das pessoas religiosas, com Deus – para os momentos mais difíceis de sua vida, apesar de sabermos, também, que estamos longe da autossuficiência, necessitando do apoio dos outros. O importante é não considerarmos esse apoio como algo certo, infalível, mesmo porque, ainda que recebamos ajuda "externa" em alguma situação difícil na vida, o trabalho de reconstrução/reestruturação **interna** caberá sempre a nós, pois este acesso é negado aos outros. É por esta razão que a psicoterapia, para que obtenha o êxito desejado tanto pelo terapeuta quanto pelo cliente, é baseada fundamentalmente no **trabalho** feito pelo segundo, sob a orientação do primeiro.

> *"It was very different when the masters of the science sought immortality and power; such views, although futile, were grand..."* [24]

---

[24] "Era muito diferente quando os mestres da ciência procuravam a imortalidade e o poder; tais visões, embora fúteis, eram grandiosas..."

Frankenstein faz uma análise da filosofia natural de sua época, devendo o termo *filosofia* ser aqui entendido como o conhecimento através da *ciência*, da *experimentação*. Ele contrasta essa filosofia (de sua época) com a ciência de outrora, na qual os mestres – chamados de *alquimistas* – buscavam a imortalidade [25] e o poder [26], e opta pela Alquimia, que, apesar da impossibilidade de concretização no plano real, possibilita ao homem sonhar e brincar com suas fantasias.

E o que são as recentes produções cinematográficas, como as séries *"O Senhor dos Anéis"*, *"Harry Potter"* e *"As Crônicas de Nárnia"* [27], senão exemplos de como a fantasia pode ser algo extremamente atraente (e lucrativo), contribuindo para a formação dos sonhos humanos, tão importantes para a "suavização" da realidade? Entretanto, como tudo o mais em nossa vida, essa fantasia deve também ser dosada, a fim de que o indivíduo não mergulhe na alienação, utilizando uma realidade paralela como se fosse uma droga para permanecer constantemente anestesiado em relação às dores emocionais decorrentes do próprio viver.

> *"This professor was very unlike his colleague. He appeared about fifty years of age, but with an aspect expressive of the greatest benevolence..."* [28]

O tema agora abordado é a relação entre aquele que transmite o conhecimento – o professor – e aquele que o recebe: o aluno. Não tenho a intenção aqui de limitar o meu raciocínio apenas às figuras "formais" do aluno e do professor, mas sim estender esses conceitos a todas as formas de ensino/aprendizado: entre amigos, pais e filhos, namorados, esposos, etc.

A transmissão de conhecimento é como a transmissão de bens materiais. Ela deve ser feita, por parte de quem transmite, com o devido respeito a quem recebe. Não deverá se basear em relações

---

[25] Através do cobiçado Elixir da Longa Vida.

[26] Através da Pedra Filosofal, que transmutaria qualquer metal em ouro.

[27] Escrevo estas linhas no ano de 2012.

[28] "Este professor era muito diferente de seu colega. Ele aparentava ter em torno de cinquenta anos de idade, porém com um aspecto expressivo da maior benevolência..."

explícitas de poder e sim na *autoridade*, que deriva da diferença de posições ocupadas por um e outro indivíduos (professor x aluno) no momento da transmissão. E, como a relação humana é sempre "bilateral", é claro que o professor aprende a sê-lo na medida em que ensina. Portanto, ele também precisa do aluno, pois, sem este, o conhecimento ficará estagnado consigo, e um conhecimento sem utilidade se encerra no nível do prazer individual, que, apesar de ter sua importância para o indivíduo, pouco ou quase nada produz no nível social.

Frankenstein descreve aqui o seu fascínio por um professor, o Sr. Waldman, que busca cativar seus alunos para que aprendam da melhor maneira possível, tirando o máximo proveito de seus ensinamentos. Vemos, entretanto, professores como o Sr. Krempe, que, por dificuldades pessoais de relacionamento com outros seres humanos e até mesmo de manutenção de uma disciplina [29] "natural" em sala de aula, utilizam-se do recurso do *afastamento*, da distância entre si e os alunos, como forma de autoproteção e preservação de sua imagem frente à classe. Nestes casos, o professor considera que é o aluno que tem que "caminhar" até ele em busca do conhecimento, cabendo ao primeiro a tarefa de apenas verbalizar o conhecimento, de uma forma explicativa, a fim de que o aluno possa compreendê-lo.

> *"These were men to whose indefatigable zeal modern philosophers were indebted for most of the foundations of their knowledge."* [30]

Vemos aqui uma alusão ao reconhecimento que devemos ter em relação aos indivíduos que nos precederam em qualquer atividade profissional, campo científico ou "apenas" por terem, de alguma forma, construído o mundo em que vivemos atualmente. Neste aspecto, os pais (ou quem exerceu função similar em nossas vidas) são as figuras mais marcantes dessa *construção*, responsáveis pela preparação do caminho que nossos pés, mais tarde, iriam trilhar.

---

[29] A palavra "disciplina" deve ser aqui entendida como "ordem" e não como "matéria escolar".

[30] "Estes foram homens a cuja dedicação os modernos filósofos deviam a maior parte dos fundamentos de seu conhecimento."

É interessante cultivarmos esse sentimento de respeito, por exemplo, no campo profissional, quando observamos que nossos colegas de profissão de épocas anteriores, na maioria das vezes com menos recursos do que aqueles que possuímos atualmente, realizaram verdadeiras façanhas, semeando em terra árida para que colhêssemos os frutos mais tarde. Cabe-nos, por nossa vez, a tarefa de melhorar esse terreno, a fim de que as gerações futuras possam também se beneficiar do progresso realizado por nós.

O Sr. Waldman ressalta, para Frankenstein, a importância dos mestres da ciência que o antecederam e que, através de seus estudos e experimentos, por vezes equivocados, tornaram o trabalho dos futuros homens de ciência mais fácil e com maior probabilidade de acerto.

No campo psicológico, esse sentimento de humildade e reconhecimento aos "antepassados" (termo aqui empregado em referência a todo aquele que "veio" antes, independente de laços consanguíneos) afasta o indivíduo da ilusão da **autossuficiência**, no sentido de perceber que os seus problemas não são os únicos nem os maiores que já existiram, de sentir-se uma parte na engrenagem da história humana e não um ser "especial", destinado apenas a usufruir do mundo o que há de melhor, sem a mínima responsabilidade de dar a este globo a sua parcela de contribuição, assim como fizeram os homens que o precederam.

Ainda que o ser humano aparentemente não produza **nada** em uma vida, estará, mesmo contra a sua vontade, contribuindo para o mundo, através de exemplos de como **não** se deve proceder, que serão observados por aqueles que o conheceram e que, após a morte do indivíduo, puderam prosseguir a viagem da Vida, evitando repetir a mesma atitude "improdutiva".

## Resumo do Capítulo 4

*Victor continua seus estudos em Ingolstadt, estreitando laços de amizade com o Sr. Waldman, que passa a ser o seu mentor, seu orientador nos estudos acadêmicos. O seu progresso é rápido, em consequência do seu constante empenho, que se assemelha a uma verdadeira obsessão.*

*Em sua ânsia por conhecer os mistérios da vida, Frankenstein passa a frequentar cemitérios e necrotérios, com o intuito de recolher material (cadáveres ou partes deles) para o seu grande experimento: "construir" um ser humano e ser capaz de lhe "dar" vida.*

*Quanto à "energia" capaz de produzir a vida em uma matéria inerte, a autora não especifica o que seria ela, mais precisamente, deixando ao leitor a tarefa de conceber este "dispositivo". Apesar disso, muitas versões cinematográficas de "Frankenstein" têm representado a criação do "monstro" a partir da descarga elétrica de um poderoso raio, talvez em uma associação com o incidente em que Victor, ainda um adolescente, presencia o acontecimento do raio que destruiu a árvore (Capítulo 2).*

## Capítulo 4

*"To examine the causes of life, we must first have recourse to death."* [31]

A vida e a morte são facetas da existência humana ou, se preferirmos a linguagem popular, "dois lados da mesma moeda". E, uma vez que a morte é algo que, na grande maioria das vezes, nos remete ao sentimento de tristeza e ao "vazio" da perda, faz-se necessário que encaremos este acontecimento com a maior naturalidade **possível**. É claro que a reação das pessoas à morte de entes queridos varia de caso para caso, de indivíduo para indivíduo, porém o mais importante é lidarmos com ela de uma forma serena,

---

[31] "Para examinar as causas da vida, devemos primeiro recorrer à morte."

procurando fazer o que estiver ao nosso alcance para darmos aos entes queridos toda a assistência possível em caso de doença, a fim de amenizarmos o seu sofrimento, ajudá-los a se recuperarem ou, se for este o "desfecho" inevitável, auxiliá-los para que possam ter uma morte digna e amparada.

Frankenstein, para descobrir as causas da vida, procura estudar minuciosamente o estado em que ela "cessa": a morte. Verifica, no entanto, que a interação entre os organismos na natureza é tão forte que a morte de um representa alimento (vida) para outros, através da decomposição [*"...bodies deprived of life, which(...) had become food for the worm."*[32]]. O seu objetivo principal era observar o que faltava ao ser inerte para que ele estivesse novamente vivo e, através da experimentação científica, produzir um fluido vital que reanimasse a matéria morta. Assim, a ciência conseguiria vencer a morte.

O indivíduo materialista geralmente vê a morte como uma falha, uma falta de conhecimento científico, uma doença cuja cura **ainda** não encontramos. Para a pessoa religiosa, a morte é um desígnio divino e, segundo algumas crenças, após este acontecimento há um julgamento com base nas ações humanas (boas ou más) durante a vida e a determinação do local ao qual a alma será destinada. Atendo-nos ao teor **psicológico** da questão da morte, podemos verificar que ela é um **fato** e nos cabe a tarefa de lidar com ela da melhor maneira, impedindo que se instaure em nós um **temor** que nos impeça de viver bem, de explorar todas as possibilidades do nosso ser. Em outras palavras, o excesso de preocupação com a morte atrapalha a vida.

Existem correntes filosóficas e religiosas que apontam para a **continuidade** do "existir" humano após a morte. Parece, de fato, um ponto de vista mais coerente, uma crença mais lógica: se aquilo que **anima** o nosso corpo é o que chamamos de *alma* ou *espírito* (dependendo da concepção que queiramos adotar) e não é "palpável" nem tampouco quantificável, é racional que possamos conceber a possibilidade deste "eu" dentro do nosso corpo ser capaz de prosseguir a sua caminhada (após a morte) independente da decomposição deste último. Por outro lado, as condições em que isto se dará são **particularidades** que fogem ao objetivo do presente trabalho. Com

---

[32] "... corpos privados de vida, que (...) tinham se tornado alimento para os vermes."

relação a essas condições, levantaremos a seguir algumas questões, a título de ilustração, considerando-se hipoteticamente como *fato* a continuação da "vida" após a morte:

- Continuaremos a ser conscientes do nosso "eu"? Em outras palavras, teremos consciência de nossa individualidade?
- Para que lugar iremos? Isso dependerá de nossas ações na vida atual?
- Se formos para algum lugar, ele será neste planeta? Será nesta dimensão em que vivemos com nossos corpos?
- Teremos outras "vidas corpóreas" após esta?
- Já vivemos outras "vidas corpóreas" anteriormente?
- A morte seria um *processo* que nos levaria a outro estado (melhor ou pior do que o atual) ou apenas o *término* de um período em que um corpo "ganhou vida" e atuou sobre a matéria, convivendo com outros "seres" igualmente "materializados"? Em outras palavras: a vida seria parte de um *processo mais complexo e "intencional"* de encarnação/desencarnação da alma ou apenas uma "casualidade", efeito da *"absorção"* da alma – livre no espaço – por um corpo material?

*"I was like the Arabian who had been buried with the dead and found a passage to life, aided only by one glimmering and seemingly ineffectual light."* [33]

Não foi possível verificar a que personagem (árabe) a frase acima se refere. Poderia ser um dos contos das "Mil e Uma Noites" ou uma história criada por algum escritor europeu que imaginou um árabe como seu personagem principal. Entretanto, o que realmente nos importa, para a interpretação psicológica, é que há menção a uma passagem da morte para a vida, tendo-se por guia uma luz fraca e imprecisa, símbolo que pode representar a ciência humana, com seu

---

[33] "Eu era como o árabe que havia sido enterrado com os mortos e encontrado uma passagem para a vida, com a ajuda apenas de uma luz trêmula e aparentemente ineficaz."

método investigativo que só forneceria ao ser humano, na melhor das hipóteses, uma visão "distorcida" e "embaçada" da realidade.

Nota-se aqui a associação humana, presente em diversas culturas, da morte com a escuridão e da vida com a claridade (luz). Esta associação pode ter se originado do ato de **enterrar** o indivíduo morto, sabendo-se que, dentro (abaixo) da terra, a luz do sol não penetra; ou pode, ainda, resultar de outra associação: a do **sono** com a "escuridão" em que mergulhamos quando dormimos, nossos olhos estão fechados e a única "luz" que parece chegar a nós provém das imagens dos sonhos. Neste segundo exemplo de associação possível, **a morte seria relacionada a um "sono" mais longo ou eterno.**

*"I collected bones from charnel-houses and disturbed, with profane fingers, the tremendous secrets of the human frame."* [34]

Frankenstein realiza uma busca nos necrotérios e cemitérios, com a finalidade de recolher todo o material (peças anatômicas) que pudesse servir para a "montagem" da sua criação: um ser humano de grandes dimensões [35], formado de partes de vários cadáveres em processo de decomposição.

Desde os tempos remotos, o desrespeito aos mortos ou a "violação" de um cadáver sempre foi causa de temor por castigos ou mesmo de um sentimento de repulsa no ser humano. Talvez isto se deva a um receio do que poderá acontecer ao nosso corpo após a morte, sem sabermos até que ponto estaremos "conscientes" do destino que terá o nosso invólucro carnal, com a possibilidade de experimentar, inclusive, uma sensação de dor "física" pelo que ocorrer ao nosso corpo.

Um dos episódios da literatura universal mais famoso neste sentido foi o ocorrido na "Ilíada" [36], de Homero, quando, após vencer o

---

[34] "Eu colecionava ossos de necrotérios e violava, com dedos profanos, os segredos extraordinários do corpo humano."

[35] Com cerca de 2,44 metros de altura (*"...about eight feet in height..."*).

[36] A "Ilíada" e a "Odisseia" foram dois poemas cuja autoria é atribuída a Homero. Há uma grande controvérsia a respeito não só da época em que Homero viveu (século XII a.C. ou século VIII a.C.) mas também a respeito do fato de ele ter existido ou não, podendo estes dois poemas terem sido a compilação de histórias contadas através de séculos de tradição oral. A "Ilíada" conta a história da chamada Guerra de Troia (que,

troiano Heitor e matá-lo, o herói grego Aquiles amarra o corpo do guerreiro vencido à sua carruagem e dá voltas em torno da cidade de Troia, arrastando o corpo de Heitor, que, devido ao atrito com a terra, fica desfigurado. Aquiles, na sua ânsia de vingar o amigo Pátroclo (morto por Heitor), nega-se a deixar que se fizesse um funeral digno para o inimigo. Mais tarde, por uma súplica do pai de Heitor, o rei Príamo, Aquiles permitiu o funeral, mas o seu ato já havia "profanado" um cadáver. Diz-se que isto ofendeu os deuses – até mesmo aqueles que eram partidários dos gregos na Guerra de Troia [37] – e foi uma das causas da morte de Aquiles, com uma flechada no calcanhar.

*"If the study to which you apply yourself has a tendency to weaken your affections( … ), then that study is certainly unlawful, that is to say, not befitting the human mind."* [38]

Temos aqui um alerta que o Dr. Frankenstein faz ao capitão Walton, no sentido de que este (ou qualquer outro ser humano) não se dedique em demasia àquilo que atrai a sua atenção na vida – neste

---

apesar de informações colhidas por recentes pesquisas arqueológicas, não apresenta ainda a veracidade de um fato histórico), entre gregos e troianos, na qual se destacam heróis como Aquiles e Heitor. Ela culmina na derrocada de Troia, com a invasão e destruição da cidade pelos gregos, que, influenciados pela astúcia de Ulisses, fizeram penetrar um cavalo de madeira ("Cavalo de Troia") cheio de soldados gregos pelos portões de Troia. A "Odisseia" conta as aventuras de Ulisses (também chamado de *Odisseu*) após a Guerra de Troia, em sua viagem de retorno daquela cidade para a sua terra natal (Ítaca).

[37] Conta-se que cada um dos deuses do Olimpo, que eram "chefiados" por Zeus, tomava partido de um ou outro lado da Guerra de Troia, quer fosse o dos gregos ou o dos troianos. Em outras palavras, as batalhas eram definidas não apenas pelos valores dos combatentes de cada um dos exércitos, mas também (e principalmente) pela vontade dos deuses e a maior influência de um ou outro em determinado momento. Zeus tinha a palavra final, mas, por vezes, nota-se que fazia "vista grossa" aos infortúnios humanos, agindo mais por pressão à sua autoridade – feita principalmente por sua esposa Hera – ou por súplicas de deusas, ninfas ou mesmo humanas que haviam despertado o seu desejo.

[38] "Se o estudo ao qual você se dedica tem uma tendência a enfraquecer os seus afetos (...), então este estudo é certamente ilícito, ou seja, inadequado à mente humana."

caso, estamos nos referindo ao objeto de estudo que uma pessoa tem – a fim de que não seja "consumido" por este *afeto*, a ponto de tirar sua atenção (parcial ou completamente) de seus *afetos* mais caros, mais próximos. Em outras palavras, o estudo é algo inebriante, que nos enche de possibilidades, chegando mesmo a criar uma *realidade paralela*, idealizada, bem melhor que a do mundo externo, porém não devemos *menosprezar* as relações com nossos familiares, com nossos amigos, com nosso animalzinho de estimação. Esses relacionamentos nos dão a dimensão da realidade, para que não "viajemos" demais, partindo para uma "superabstração" ou mesmo *alienação*.

Por outro lado, para que possamos produzir algum conhecimento, devemo-nos "isolar" por certo tempo (minutos ou mesmo horas) da companhia de outras pessoas, a fim de conseguirmos entrar em contato com nossas reflexões, chegando a conclusões que, ainda que parciais, servem para construir o nosso raciocínio, impulsionando-nos para frente. É muito difícil uma pessoa conseguir elaborar um pensamento filosófico, por exemplo, se outra vem lhe falar sobre a roupa que o vizinho estava usando na festa passada e lhe pede uma opinião, ou se o referido pensamento (em construção) é constantemente interrompido pela voz do apresentador de um programa de televisão, que está sendo assistido por outra pessoa no mesmo cômodo da casa.

Em suma, na questão do recolhimento e da dedicação ao estudo, apresenta-se o velho "conselho" ditado pela prudência: deve-se buscar sempre um *meio-termo*, para que o estudioso (amante do conhecimento) não se torne nem tanto introspectivo/isolado nem tanto expansivo/ "desconcentrado".

## Resumo do Capítulo 5

*O capítulo a seguir trata basicamente da criação, pelo Dr. Frankenstein, de uma figura humana de grandes proporções, construída a partir de partes de cadáveres, que foram montadas em um conjunto, ao qual foi inserido algum tipo de "fluido vital", descoberto pelo cientista. Aborda, ainda, as consequências imediatas desta criação.*

*Quando Victor se depara com a realidade e observa que deu vida a uma Criatura (nome que se referirá à sua criação na maior parte do livro de Shelley) grotesca, ele foge assustado do laboratório, enquanto ela se debate, na ânsia de respirar.*

*Ele tenta dormir em seu quarto e acorda sobressaltado, após ter um pesadelo com Elizabeth e sua mãe morta. Ao acordar, recebe novo susto, pois a Criatura havia se deslocado até lá e entrado pela janela. Ela caminha em direção a ele, mas Victor consegue escapar. Passa a noite no quintal de sua casa e, pela manhã, andando pelas ruas, encontra seu amigo, Henry Clerval, que acabara de chegar na cidade.*

*Clerval havia tido a permissão do pai para estudar também em Ingolstadt. Ao encontrar Victor, percebe o quanto ele está abatido pelas noites mal dormidas e pelo incessante trabalho. Quando ambos vão para o apartamento de Frankenstein, para alívio deste a Criatura não está mais lá. Victor fica muito agitado, com um comportamento anormal de grande excitação e acaba desmaiando, em meio a um surto.*

*Durante meses, Clerval cuida da saúde do amigo, não podendo, por sua vez, se dedicar aos próprios estudos. Victor se recupera e procura esquecer o incidente com a Criatura. Após um período de ausência de correspondência entre Victor e os seus entes queridos, chega uma carta de Elizabeth.*

## Capítulo 5

*"...as I imprinted the first kiss on her lips, they became livid with the hue of death; her features appeared to change, and I thought that I held the corpse of my dead mother in my arms."* [39]

Victor Frankenstein se vê beijando a sua amada em sonho, quando a imagem desta se transforma na figura de sua mãe morta. Algumas interpretações/associações podem ser estabelecidas aqui:

- A ligação feita no sonho entre Elizabeth e a morte pode se dever ao temor de Victor pela morte da amada, que foi associada à mãe por esta ter tido uma morte impactante e por ter morrido contaminada após cuidar da própria Elizabeth [40]. Deste modo, a mãe de Victor teria "substituído" Elizabeth quando morreu *no lugar dela* na vida real e esta substituição estaria ocorrendo também no sonho.

- Outra associação possível seria novamente entre Elizabeth e a mãe de Victor, porém, neste caso, em um sentido mais afetivo ou até mesmo erótico. Isto porque, no desenvolvimento sexual do homem, o primeiro objeto que vem a despertar o seu desejo é a mãe, que lhe oferece o seio na amamentação ou (para as mães que não amamentam) que compartilha com a criança momentos de intimidade corporal, quando o filho vê/toca o corpo materno, em uma nudez total ou parcial. Durante este desenvolvimento, mais especificamente na pré-adolescência, o menino desperta o *interesse* pela mãe, para depois, na maioria

---

[39] "Quando eu imprimi o primeiro beijo em seus lábios, eles se tornaram pálidos da cor da morte; suas feições mudaram e eu pensei estar segurando em meus braços o corpo morto de minha mãe."

[40] Conforme se pode ver no Capítulo 3 da obra de Shelley.

das vezes, sublimá-lo [41] no início da adolescência, quando o corpo da mãe se torna, para ele, desinteressante do ponto de vista erótico. Muitas vezes, este desinteresse é um artifício do qual o próprio indivíduo se utiliza inconscientemente para se enquadrar às regras sociais de proibição do incesto de uma forma a "sair-se bem", dizendo a si mesmo: *"Eu não queria mesmo..."*. [42]

*"...he muttered some inarticulate sounds, while a grin wrinkled his cheeks. (...) One hand was stretched out, seemingly to detain me, but I escaped and rushed downstairs."* [43]

A busca de Frankenstein por parte da Criatura – o que causa pavor ao primeiro – se assemelha a um fato que acontece com determinadas aves, como a galinha e o pato, quando, logo após nascerem, seguem suas "mães" [44]. A presença do Dr. Frankenstein no local (cômodo que servia de laboratório) no exato momento em que a

---

[41] Em Psicanálise, **sublimar** significa substituir o objeto de um impulso sexual por outro objeto que seja mais facilmente aceito do ponto de vista social. No caso da "atração" do menino pela mãe, **sublimar** este impulso poderá significar substituir o objeto *"mãe"* pelo objeto *"todas as outras mulheres"* (exemplo).

[42] O assunto "desejo pela mãe" é, do ponto de vista psicológico, algo de certa forma **claro**, quando se busca observar o funcionamento mental humano livre das "censuras" recomendadas pela moral e pelo senso comum. No entanto, peço ao leitor que, caso se sinta desconfortável com essa "visão" psicológica (mais precisamente psicanalítica), entenda a alusão que faço como meramente ilustrativa de uma das **possíveis** explicações psicológicas que surgem no curso do desenvolvimento **normal** de indivíduos.

[43] *"...ele balbuciou alguns sons inarticulados, enquanto um leve sorriso enrugava a sua face. (...) Uma mão estava esticada, aparentemente para me segurar, mas eu escapei e desci correndo pela escada."*

[44] Este fenômeno é chamado, em Biologia, de *"imprinting"*, termo criado por Konrad Lorenz (1903 - 1989), zoólogo, etólogo e ornitólogo austríaco. O referido termo, também conhecido como *"cunhagem"* ou *"estampagem"*, significa a fixação irreversível de um animal recém-nascido com o primeiro ser vivo com que ele tem contato ao nascer.

Criatura ganha vida significa, para ela, que ele presenciou o seu "nascimento", podendo mesmo ter sido o seu Criador. De qualquer maneira, ela sente, um tanto quanto "instintivamente", que ele provavelmente sabia mais do que ela a respeito do que havia se passado, podendo ser capaz de responder às suas principais dúvidas e dar um sentido à sua mente confusa, que precisaria, para sobreviver, aprender tudo acerca de um mundo hostil à sua figura assustadora.

Quando Victor foge da Criatura, ele a deixa **abandonada** à própria sorte, depois de o mesmo haver se constituído no primeiro (e talvez único) laço entre ela e o mundo. Em nossa vida, quantas vezes não fazemos isso com pessoas que querem se aproximar de nós ou mesmo continuar a compartilhar de nossas vidas?

Com relação a indivíduos que buscam uma aproximação conosco, creio que devamos "pesar na balança" os dois lados e decidir qual a melhor atitude ou o melhor comportamento a se adotar:

- Por um lado, não devo me obrigar a "permitir" a aproximação de uma pessoa que chega a mim com comportamentos e opiniões muito em desacordo com os meus, só porque ela diz ou dá a entender que quer ser minha amiga. Compreendo que ela precisa de amizade ou companheirismo como todo ser humano, mas, se eu não me sinto em condições de ser esse amigo ou este colega [45] ou mesmo se **não quero** esta aproximação, caberá àquela pessoa buscar o seu caminho, melhorando as suas características emocionais e comportamentais, a fim de se tornar uma companhia mais agradável e um "amigo potencial" para outros.
- Por outro lado, creio que estamos neste mundo também para "interagir" com os outros seres à nossa volta (pessoas, animais, plantas) e este contato nos auxilia no processo de desenvolvimento pessoal, ao mesmo tempo em que contribuímos para o

---

[45] Entenda-se este termo aqui utilizado como representando alguém que tem, para com outra pessoa, uma *relação menos intensa do que a amizade* e não como um indivíduo que compartilha de uma mesma classe profissional que outro(s). Neste último sentido, teríamos, por exemplo, as expressões "colegas médicos", "colegas advogados", etc.

desenvolvimento de outros ou simplesmente trocamos "boas energias", que recarregam nossas "baterias psicológicas", motivando-nos a prosseguir em nossa caminhada. Neste sentido, quando alguém se aproxima de nós, não teríamos tanto o *direito* de nos recusarmos a *trocar* energia, devendo, em vez disso, interagir com ele na troca de experiências, opiniões, afetos. Isto é importante, a fim de repensarmos os nossos conceitos e ações, modificando-os para melhor.

Quanto a pessoas que desejam continuar a compartilhar de nossas vidas, pensei basicamente nas questões relativas a relacionamentos afetivos (namoro, noivado, casamento), nos quais, muitas vezes, um dos parceiros chega à conclusão, por razões diversas, de que não quer mais o outro presente em sua vida. Isso gera um verdadeiro *desespero* na cabeça da outra pessoa, que se vê, como a Criatura de Frankenstein, "jogada no mundo", sem saber para onde ir, depois de "construir" a sua realidade utilizando, como alicerce, a presença do companheiro que agora afirma não ser mais possível a união. Neste caso, assim como no raciocínio que fizemos para aqueles que se aproximam de nós em busca de amizade (parágrafo anterior e tópicos relacionados), teremos que "pesar na balança", em cujos "pratos" se apoiam dois argumentos:

- Não sou, é claro, obrigado a continuar "unido" a uma relação que não me satisfaz mais e que deixou de ser algo prazeroso em minha vida. Há casos, inclusive, de relacionamentos marcados pela violência física de um indivíduo sobre o outro, gerando situações que se constituem em ocorrências policiais.
- Por outro lado, muitas vezes, a dependência emocional por parte de um dos parceiros (que não aceita a ruptura) é tão intensa que coloca o outro (que quer a separação) em uma situação emocionalmente dolorosa, quando este sente um profundo *pesar* ao ver o "desamparo" em que a outra pessoa fica quando a situação de rompimento se caracteriza ou está na iminência de acontecer.

Não quero, com estes dois "pratos" da balança, defender a manutenção do relacionamento *a qualquer custo* e nem a impossibilidade de se lutar por uma relação mais sadia (quando a nossa não vai bem), porém creio que este é um caso que cada ser humano deve decidir de forma isolada ou com o companheiro, em cada situação específica. Acredito mesmo que muitos relacionamentos se mantêm porque um dos dois não teve **coragem** de terminar a relação e ver o outro (por quem se tem carinho e mesmo "amor", em um sentido mais amplo do termo) **desamparado**, como a Criatura de Frankenstein. Será que podemos culpar alguém pela falta de coragem em lutar pela própria felicidade, quando esta representa o "abandono emocional" de outro ser humano? Ele conseguiria de fato ser feliz, sabendo que o outro ficou "para trás" no caminho? É uma decisão que compete a cada um e merece respeito, qualquer que ela seja...

*"I continued walking in this manner for some time, endeavouring by bodily exercise to ease the load that weighed upon my mind."* [46]

No trecho da narrativa do próprio Frankenstein (na criação da autora), vemos a prática de *"deixar o corpo ocupado demais para pensar"*. Esse é um comportamento que frequentemente adotamos quando queremos fugir de algo que nos inquieta, que nos incomoda. Buscamos a atividade no trabalho, no exercício físico e na diversão excessiva, a fim de não olharmos para dentro de nós. Se o fizéssemos, teríamos que nos defrontar com nossos medos, nossa angústia, na tentativa de encontrar soluções ou de aprender a lidar melhor com nossos "fantasmas" interiores.

Não estou afirmando, com isso, que o trabalho, a atividade física e a diversão não sejam extremamente salutares (e mesmo vitais) ao ser humano, porém quero enfatizar a inadequação da atitude de querer utilizá-los como **"rotas de fuga"** para as questões inerentes ao nosso ser, que são as mais importantes da vida e que possivelmente representam o **porquê** de estarmos neste mundo, em companhia de tantos outros seres, todos em busca de um lugar "ao sol".

---

[46] "Eu continuei caminhando assim por algum tempo, tentando, pelo exercício físico, aliviar o fardo que pesava sobre a minha cabeça."

*"...his presence brought back to my thoughts my father, Elizabeth, and all those scenes of home so dear to my recollection."* [47]

Há pessoas que, devido ao fato de terem compartilhado conosco alguns ou vários momentos agradáveis em nossa vida, adquirem o "poder" de, apenas por sua presença ou mesmo por sua lembrança em nossa mente, nos remeterem a uma atmosfera envolta em prazer e em um sentimento de "casa", ou seja, uma sensação de conforto, com a certeza de que poderemos ser "nós mesmos", sem defesas, sem "disfarces sociais". Estes últimos, entretanto, são necessários, por vezes, em nossa vida de relação, quando precisamos cumprir os papéis sociais que se esperam de nós, independente da nossa vontade.

Em meio ao "turbilhão" de ideias e sentimentos em que se encontrava, após a criação de seu "monstro", Victor consegue achar um pouco de equilíbrio com a presença de Clerval, que o faz relembrar afetos pelos quais vale a pena se *fixar* à realidade e lutar por manter a sanidade mental. Lembremos que Frankenstein vivia agora em um mundo que não lhe apresentava mais o funcionamento racional e coerente que ele havia conhecido anteriormente, quando o forte abalo emocional pelo qual ele estava passando ainda não havia se instaurado.

*"I have ten thousand florins a year without Greek, I eat heartily without Greek."* [48]

Clerval demonstra a sinceridade e a dedicação de uma pessoa que, após convencer o pai a "patrocinar" sua viagem a Ingolstadt para estudos, vai para aquela cidade procurar Victor e saber notícias do amigo, que havia tempo não escrevia nem para ele nem para a própria família, envolvido como estava na "produção" da Criatura. Clerval, entretanto, acaba não podendo se dedicar aos estudos naquele

---

[47] "...sua presença trouxe, de volta aos meus pensamentos, o meu pai, Elizabeth e todas aquelas cenas do lar, tão preciosas que eram às minhas recordações."

[48] "Eu ganho dez mil florins por ano sem o (idioma) grego e posso comer fartamente sem o (idioma) grego."

momento, pois fica cuidando da saúde de Frankenstein, abalada pelos acontecimentos recentes.

O pai de Clerval considerava a cultura como algo atrelado ao fator financeiro. Em outras palavras: segundo ele, um conhecimento que não pudesse produzir dinheiro suficiente para uma vida ao menos confortável não serviria de nada. Aqui, como em outros aspectos de nossa vida, convém observar as coisas de forma objetiva, sem deixar que a paixão – neste caso, pelo saber – nos leve a conclusões precipitadas. Se, por um lado, o conhecimento dá ao ser humano uma certa "transcendência" sobre a vida material, com suas necessidades básicas (alimentação, proteção contra as intempéries climáticas, habitação, saúde como um todo), por outro lado é importante nos preocuparmos em atender a estas necessidades em primeiro lugar, para depois podermos "transcender".

Assim como Clerval enfrentou um dilema entre a sua vocação e os recursos financeiros, a maioria dos jovens de todas as épocas também se depara com questões semelhantes:

- Qual a melhor profissão a seguir?
- O que realmente gosto de fazer?
- Poderei viver da profissão que escolher? Terei conforto ou apenas o essencial para me sustentar?
- Como eu me imagino nesta profissão o resto da minha vida?

Não há, é claro, respostas definitivas, mas aqui também o bom senso deverá prevalecer. E se, mais à frente, o jovem descobrir que a sua escolha não foi adequada, deverá buscar **refazer** o caminho, que poderá levá-lo à "profissão de sua vida". Porém, cada caso é um caso e os recursos financeiros à disposição para "bancar" as escolhas devem ser sempre considerados.

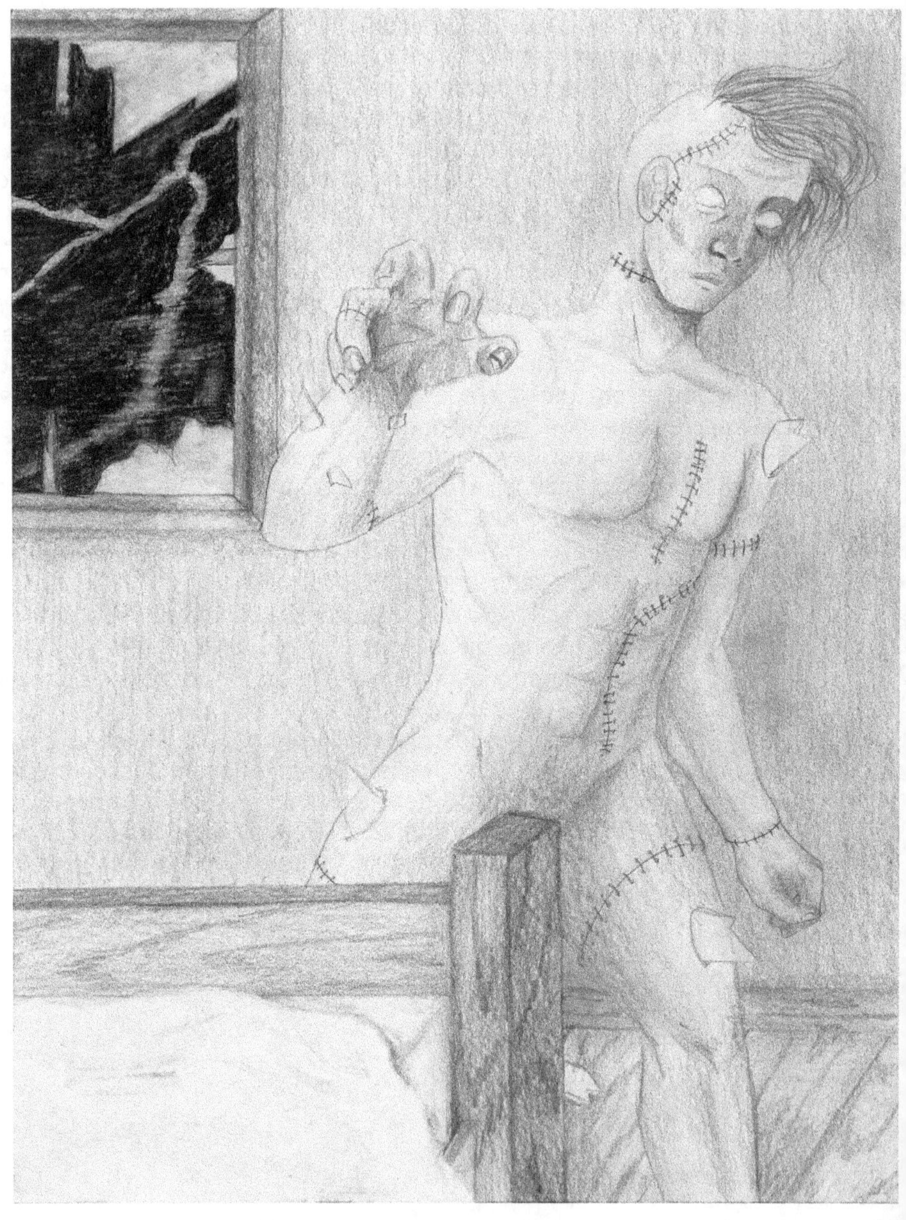

## Resumo do Capítulo 6

*Victor lê a carta de Elizabeth, na qual a "prima" (era assim que ele a tratava) o atualiza, entre outras coisas, a respeito dos seus dois irmãos mais novos: Ernest e William. Sobre o primeiro, Victor é informado de que ele gosta muito de atividades físicas e não tem "talento" para o estudo. A respeito de William, é relatado o fato curioso de ele, ainda uma criança, ter "noivas", sendo que a sua preferida tem apenas cinco anos de idade. Isso demonstra o temperamento extrovertido do menino.*

*Elizabeth relembra Victor acerca de Justine Moritz, uma empregada que foi criada junto a eles porque a mãe de Victor, Caroline, comoveu-se com a forma ruim com que Justine era tratada por sua própria mãe, a S.ra Moritz.*

*Após a morte da S.ra Moritz (que, por sua vez, ocorreu depois que Caroline havia falecido), Justine passa a morar efetivamente com a família de Victor, ajudando Elizabeth no cuidado da casa, de Alphonse Frankenstein e de seus filhos mais novos.*

*O Sr. Waldman procura animar o jovem Frankenstein a retomar seus estudos anteriores (ao incidente com a Criatura) e o seu gosto pela Ciência, sem saber que, com isso, acabava atormentando Victor. Este tenta, por sua vez, esquecer aquele acontecimento terrível, afastando de sua mente tudo o que possa remetê-lo aos experimentos científicos, nos quais a sua sede de conhecimento e poder (sobre a Natureza) havia assumido um caráter insaciável.*

*Sob a influência do amigo Clerval, que inicia seus estudos sobre línguas orientais, Frankenstein fica encantado com este ramo do conhecimento. O prazer de se dedicar ao estudo de idiomas é algo totalmente novo para ele.*

## Capítulo 6

*"...but Ernest never had your powers of application. He looks upon study as an odious fetter;... "* [49]

---

[49] *"...mas Ernest nunca teve o teu potencial de aplicação. Ele vê no estudo uma odiosa prisão;..."*

Elizabeth escreve a Victor e, em sua carta, conta um pouco sobre a vida dos familiares de Frankenstein. Sobre o seu irmão do meio, com dezesseis anos, Elizabeth informa que ele não gosta de estudar, no que difere do irmão mais velho, devendo, portanto, seguir uma carreira "mais fácil", na qual o físico seria mais exigido do que o intelecto, no caso a carreira militar. Este é basicamente um **preconceito**, pois temos, no meio militar, assim como em diversos outros, indivíduos altamente capacitados intelectualmente e que, ao mesmo tempo, se adaptam bem à disciplina e à capacidade física exigidas em quartéis ou bases militares.

No entanto, é importante notar que os indivíduos são **diferentes** e têm, portanto, aptidões e tendências igualmente diversas. Uma pessoa que apresenta dificuldades na matemática poderá, por exemplo, ser um grande estudioso de idiomas. É importante saber que as disciplinas escolares têm cada uma a sua importância na formação da educação individual como um todo, mas também reconhecer que a vocação do indivíduo (ou a falta da mesma) para essa ou aquela carreira deve ser levada em consideração na escolha profissional. Este aspecto deverá não só ser respeitado, bem como incentivado pelos pais, que, na ânsia de evitar – segundo a sua própria ótica – um possível "sofrimento" futuro para os seus filhos, acabam por tentar influenciar a carreira destes últimos, conforme pudemos observar no final do Capítulo 5 deste livro.

*"This girl had always been the favourite of her father, but through a strange perversity, her mother could not endure her, and after the death of M. Moritz, treated her very ill."* [50]

Muitas vezes, argumenta-se que o amor paterno ou materno é igual para todos os filhos. Em outras palavras, diz-se que os pais

---

[50] "Esta garota foi sempre a favorita do seu pai, mas, por uma estranha perversidade, a sua mãe não podia suportá-la e, após a morte do *Senhor Moritz*, passou a tratá-la muito mal."

A título de curiosidade, note-se que o texto em inglês traz a abreviatura "M." (Monsieur) em vez de "Mr." (Mister). A palavra francesa ***"Monsieur"*** pode ser traduzida como "Senhor" em português. Esta parte da história se passou em Genebra, que é uma cidade da Suíça e lá o idioma oficial é o **francês**.

amam os filhos (todos) na mesma proporção. Não creio, sinceramente, que esta afirmação seja ***necessariamente verdadeira***. Isto porque aquilo que entendemos por "amor" na fase atual da evolução humana [51] no planeta ainda é um sentimento ***comparativo***. Ama-se mais a alguém *em detrimento de* outro(s). Com relação aos filhos, isto não seria diferente, por uma simples questão de "conforto": é mais confortável (agradável), para mim, estar ao lado de alguém que compartilha de ideias próximas às minhas e que age, em geral, mais de acordo com o meu próprio comportamento.

É claro, entretanto, que há situações de pais que têm predileção pelos filhos que mais lhe dão *trabalho*, preocupação, angústia. Nestes casos, o que prevalece pode ser o sentimento de dever, que será completamente *recompensado* se o pai/ a mãe conseguir colocar o filho no caminho "certo". A relação, então, que mais lhe proporcionar ensejo de crescimento será aquela que o genitor, inconscientemente, irá preferir, na medida em que ela pode lhe conferir mais mérito. É como um grande **desafio**.

Gostar mais de um filho do que de outro(s) é ***natural***, já que é humano colocar nossas afeições – como tudo o mais na vida – em uma escala de valores. Caberá, por outro lado, ao pai/ à mãe equilibrar este sentimento de predileção com um sentimento de ***justiça***, lembrando que amar um filho é também ser "obrigado" pelas circunstâncias a repreendê-lo, a ir contra ele em situações nas quais apoiá-lo significaria ser injusto para com os outros irmãos, que também são seus filhos.

Justine Moritz era uma moça que, aos doze anos, foi morar na casa da família de Victor, maltratada que era por sua mãe, a senhora Moritz, principalmente após a morte do senhor Moritz (para o qual a menina era a predileta). Teve uma educação privilegiada e, também como forma de gratidão, acabou por se tornar uma "empregada qualificada" na casa dos Frankenstein. Neste caso, vemos como os sentimentos de predileção ou rejeição podem influenciar nosso comportamento para com os filhos, quando não passamos estes

---

[51] Acredito e adoto, em minha vida, uma perspectiva *evolucionista*, segundo a qual tudo caminha para a evolução, para o refinamento: os costumes, a justiça, o amor. Se este último é, em nossa sociedade atual, um sentimento "atrelado" ao egoísmo, à parcialidade (*"Amo mais a este do que aos outros..."*), creio que, no futuro, este estado tenderá a melhorar, isto é, a sofrer uma evolução inevitável.

sentimentos pelo *crivo* da razão e do bom senso. Em outras palavras, eu posso naturalmente *não me sentir bem* quando olho para uma filha, por exemplo, percebendo que ela é muito parecida com minha ex-mulher (pela qual tenho ressentimento), fisicamente ou em temperamento. Isso pode me fazer associar em minha mente a imagem das duas (confusão de sentimentos), porém a *racionalidade* também pode, por outro lado, fazer com que eu me "policie" no sentido de procurar *separar as coisas* e tratar minha filha com *a maior imparcialidade possível*. E, caso eu não consiga isso sozinho, uma terapia certamente poderá me ajudar.

*"Perpetual fretting at length threw Madame Moritz into a decline, which at first increased her irritability, but she is now at peace for ever."* [52]

Como consequência da atitude irritadiça – consciente ou inconsciente – da senhora Moritz com relação à sua filha, houve um desgaste emocional progressivo da primeira e, como verificado comumente na medicina moderna, este estado psicológico contribuiu inevitavelmente para a baixa da defesa imunológica daquela senhora, causando (ou antecipando?) a sua morte.

Assim, podemos observar que, quando não procuramos "analisar" nossos sentimentos, na tentativa de torná-los mais amenos, ou seja, *menos destrutivos*, acabamos por lesar, de alguma forma, o nosso próprio organismo, que não "suporta" viver em um mundo sem, ao menos, um vislumbre de esperança e felicidade. Daí, talvez, provenha o pensamento encontrado na cultura popular de que "nascemos para ser felizes"...

*"What could I do? He meant to please, and he tormented me."* [53]

---

[52] "O constante aborrecimento levou a Senhora Moritz, com o tempo, a um declínio, o que, inicialmente, aumentou a sua irritabilidade, mas agora ela está em paz para sempre."

[53] "O que eu podia fazer? A sua intenção era agradar, mas ele acabava me atormentando."

É comum vivermos ou sabermos de situações nas quais certas pessoas, por não terem, em determinado momento, o *"feeling"* [54] necessário para perceber um possível **desencontro** entre suas intenções e a repercussão de seus atos/ palavras no "coração" do outro, acabam por serem indelicadas, quando não são mesmo *grosseiras*. Isto acontece, com frequência, devido ao fato de estas pessoas não estarem abertas às possibilidades do outro. Em outras palavras, elas vivem no seu "mundo particular", sem se darem conta de que as suas convicções, as suas verdades serão **sempre** passíveis de questionamento e, por vezes, muito diversas da *verdade* de outras pessoas. É claro que existe uma realidade comum a todas as pessoas, o que faz com que vivamos em um mesmo **mundo**, porém não devemos esquecer que esta mesma realidade é **interpretada** por nós de uma forma toda particular, que difere, às vezes em larga escala, da forma como o outro vê/sente o mundo ao seu redor. Por isso, devemos ter um certo cuidado ao expressar nossas opiniões, lembrando que elas são apenas *a nossa visão da realidade* e que as outras pessoas não têm, necessariamente, que concordar conosco nem se convencer de que estamos "certos".

O que acontece com o Sr. Waldman é, basicamente, resultado deste "desencontro". Apesar de querer bem ao seu aluno Victor, ele, sem perceber que estava colocando Frankenstein em uma situação de *desconforto* – devido à lembrança da criação do monstro –, continua falando sobre o progresso da ciência. Obviamente, ele não era "obrigado" a saber que estava incomodando, visto que o aluno, meses antes, teria adorado este tipo de conversa, porém a ilustração do texto serve aqui apenas para nos lembrar que o mal-entendido é sempre uma possibilidade e, por isso, o cuidado com os atos e as palavras que direcionamos às outras pessoas é sempre recomendável.

*"When you read their writings, life appears to consist in a warm sun and a garden of roses, in the smiles and frowns of a fair enemy, and the fire that consumes your own heart."* [55]

---

[54] A palavra "feeling" (*sentimento*, em inglês) é aqui empregada no sentido de percepção, dedução, *apreensão* instantânea da realidade.

[55] "Quando nós lemos os seus escritos *[dos escritores orientais]*, a vida parece consistir em um sol morno e um jardim de rosas, nos sorrisos e aflições de um inimigo que luta

Influenciado pelo exemplo de Clerval, Victor começa a se dedicar ao estudo de línguas orientais – como o persa, o árabe e o sânscrito –, porém, diferentemente do amigo, que queria estudar a fundo estes idiomas, conhecendo o seu funcionamento, Victor tinha a intenção de apenas utilizá-los como ferramenta para a compreensão de textos literários naquelas línguas [56]. Ao fazê-lo, encanta-se com a suavidade do estilo literário oriental, com sua concepção de mundo diferente da que se tem no Ocidente.

No Oriente, por exemplo, temos as figuras do bem e do mal como forças **complementares**, não como **antagônicas** (concepção mais predominante no Ocidente). Daí decorre que, por trás de dois inimigos que combatem em uma guerra, o escritor oriental consegue enxergar dois indivíduos que lutam igualmente pela honra e que procuram ambos seguir, ao menos, alguns princípios éticos. Para os autores ocidentais, a ideia ficaria mais ligada a uma oposição "bem x mal", na qual o mal seria completamente **antiético** e quase sempre fadado à derrota.

É claro que estou aqui tentando traçar uma **diferença bem geral** entre o estilo literário ocidental e o oriental, mesmo sabendo que há inúmeras variações entre os autores dentro de cada um destes estilos. Por isso, que me perdoem os estudiosos da literatura e, mais precisamente, os especialistas em literatura chinesa, japonesa ou árabe, por exemplo, que poderão se sentir bastante "incomodados" ao verificar que estou enquadrando estes segmentos sob a ótica comum de "literatura oriental", sem atentar para as características peculiares de cada um.

Neste trecho do livro de Mary Shelley, a autora realça o poder do conhecimento – neste caso, através da leitura e do aprendizado de

---

com dignidade, e no fogo que consome o nosso próprio coração." [A tradução/adaptação de *"you"* e *"your"* por "nós" e "nosso" – em vez da tradução literal por "você" e "seu", respectivamente – se deu desta maneira porque tive a intenção de não causar confusão entre *"their"* = "seus" (deles) e *"your"* = "seu" (de você).]

[56] Quanto à questão dos diferentes objetivos que podem levar uma pessoa a querer aprender um idioma, eu indico ao leitor o livro *"Conversando com o Aluno de Idiomas"* (Editora Virtualbooks, 2011), também de minha autoria. A referida questão é abordada, principalmente, no Capítulo 10 daquele livro.

idiomas – em dar um sentido à existência humana. Victor acaba por se "esquecer" do seu grande problema (a Criatura, que ele mesmo havia trazido à vida em seus experimentos científicos) e busca, na leitura, uma motivação para querer aprender cada vez mais. Obviamente, o conhecimento, por um lado, não deve servir de mera *alienação* para o ser humano, uma espécie de fuga da "dura" realidade. Por outro, ele tira a existência humana do plano da "simples" sobrevivência, *elevando-a* a um patamar de crescimento, de entendimento do mundo ao nosso redor e criando necessidades mais *sofisticadas* no indivíduo. Desenvolve, no homem, o senso crítico e a apreciação da arte, conferindo-lhe uma visão mais abrangente do mundo, ao mesmo tempo em que suaviza a realidade do seu dia-a-dia.

## Resumo do Capítulo 7

*Um dia, Victor recebe uma carta de seu pai, Alphonse, na qual este lhe conta sobre o terrível assassinato de seu filho mais novo, William (irmão de Victor), enquanto a família havia ido passear em uma localidade próxima de Genebra.O corpo do menino foi encontrado de madrugada, estrangulado. Ele havia se afastado do grupo e ficado a mercê do assassino.*

*Na carta, Alphonse pede ao filho para voltar a Genebra e consolar a família (o pai, Ernest e Elizabeth), lembrando-o de que nada trará o filho de volta e que, por isso, Frankenstein não deve encher o coração de ódio, alimentando um desejo de vingança.*

*Elizabeth se culpa pela morte de William, uma vez que havia dado ao menino uma medalha com um retrato da mãe de Victor, Caroline. Como William a estava usando em um cordão ao redor do pescoço, esta medalha poderia ser o motivo do crime, considerando-se que o assassino tivesse a intenção de roubá-la e acabasse matando o menino para evitar ser reconhecido e acusado.*

*Enquanto passa a noite percorrendo as redondezas de Genebra – pois os portões da cidade estavam fechados por ocasião de sua chegada – Victor avista a Criatura e, naquele momento, tem a certeza de estar vendo o assassino de seu irmão.*

*Justine Moritz, a empregada que morava com a família de Frankenstein, foi acusada pelo assassinato do menino, uma vez que a referida medalha havia sido encontrada em seu bolso. Além disso, quando foi abordada, após ser encontrada dormindo em um galpão fora da cidade (pois havia passado a noite procurando William e acabou se refugiando lá), Justine começou a falar coisas sem sentido (talvez por conta do cansaço e da forte tensão), o que reforçou as suspeitas de um descontrole emocional que pudesse estar "vinculado" ao cometimento de um crime brutal como o assassinato de uma criança indefesa.*

## Capítulo 7

> *"...our exertions to discover him [the murderer] are unremitted; but they will not restore my beloved William!"* [57]

No presente capítulo, Victor recebe uma carta de seu pai na qual é relatado o assassinato de William, o irmão mais novo de Frankenstein. Victor fica muito abalado com a notícia, sem conseguir acreditar completamente no que está escrito: que o pequeno William havia sido estrangulado e, como consequência do ato brutal, as impressões do assassino ficaram gravadas no pescoço do menino. Quem poderia ter feito aquilo? Quem poderia investir daquela maneira contra uma criança indefesa? Qual teria sido o motivo?

A ideia que se procura ter em mente, com frequência, em situações como essa – de que nada trará de volta a pessoa que foi assassinada – serve, muitas vezes, para "desarmar" o sentimento de **vingança** que também costuma nos visitar nestas horas de aflição.

No mundo em que vivemos, coabitam seres humanos que possuem as mais variadas tendências e, muitas vezes, comprometidos física e mentalmente com patologias catalogadas nos anais da Psiquiatria. Isso explica por que comumente assistimos ou somos informados de acontecimentos terríveis, marcados pela violência e pela falta de respeito à vida de um modo geral e, mais especificamente, ao ser humano. No entanto, se considerarmos a população do globo terrestre, veremos que estas ocorrências não constituem a maioria e elas "chocam" justamente pelo impacto que causam, em contraste com um "pano de fundo" onde a chamada **normalidade** determina um padrão de comportamento, orientando-nos acerca do que é certo ou errado, em termos de regras de convivência que são formalizadas pelas leis.

---

[57] "...nossos esforços para descobri-lo (o assassino) são inadiáveis; mas eles não irão trazer de volta o meu amado William!"

*"Enter the house of mourning, my friend, but with kindness and affection for those who love you, and not with hatred for your enemies."* [58]

O conselho que Victor recebe de Alphonse Frankenstein, seu pai, na carta que relata a morte de seu irmão, é sábio e raramente provém de pessoas tão intimamente ligadas a vítimas de assassinato. Ele incentiva o filho mais velho a se "fixar" a um aspecto positivo da vida, ou seja, ao amor dos entes queridos (familiares ou não) ao invés de se "afundar" na negatividade do ódio dirigido contra quem lhe causou uma grande dor ao tirar a vida do irmão, privando-o da alegria do reencontro, da convivência, do abraço carinhoso. E esse conselho vem de um pai que acabou de *perder* o filho mais novo de forma brutal!

Imaginamos que o sentimento da perda, nestes casos de assassinato (ou qualquer outro tipo de morte violenta) seja algo muito difícil de superar, mas, se pensarmos que somos responsáveis também pelas pessoas que ficam, perceberemos que sempre haverá a necessidade de *cuidar* dos outros, dentro de nossas possibilidades. Para tanto, precisaremos ter uma **energia interior** bem cultivada, a fim de que possamos ajudá-los com nosso apoio, com nossa conversa, com nosso carinho.

Quando falo em "cultivar a energia interior", estou querendo dizer, em outras palavras, que somos responsáveis por alimentar o nosso mundo interior (psiquismo) com pensamentos positivos, ou seja, ideias que nos motivem a prosseguir na vida, construindo projetos a serem realizados para que nos tornemos pessoas melhores. E esse "tornar-nos melhores" pode, inclusive, referir-se a uma melhora de nossa condição material (financeira), com a conquista de um emprego melhor ou a compra de um imóvel, por exemplo, e não apenas a questões existenciais, igualmente importantes para o ser humano, mas que não são, em determinados momentos, tão cruciais como a "materialidade" da sobrevivência diária.

*"By degrees the calm and heavenly scene restored me, and I continued my journey towards Geneva."* [59]

---

[58] "Entre na morada do luto, meu amigo, porém com carinho e afeto por aqueles que o amam, e não com ódio pelos seus inimigos."

A paisagem à nossa volta exerce uma grande influência em nosso estado de ânimo, principalmente quando é *conjugada* com as associações mentais que fazemos, em nosso psiquismo, em relação ao clima que nos rodeia. Vamos ilustrar um pouco esta questão no parágrafo seguinte.

Geralmente, uma *paisagem* de verão, com o sol brilhando, os pássaros cantando, a água dos rios e mares refletindo o brilho solar etc., é capaz de nos proporcionar sentimentos agradáveis, como a alegria, a esperança e a coragem. Por outro lado, um dia chuvoso e frio normalmente nos causa tristeza, desânimo e uma insegurança face ao rigor climático (no sentido de duvidarmos se seremos capazes de cumprir nossos objetivos do dia ou se seremos "vencidos" pelo tempo ruim à nossa volta). É claro que não acontece da mesma maneira para *todos os indivíduos*, sabendo-se que existem pessoas que preferem o frio ao calor, só para darmos um exemplo; mas, no geral, creio que este seja o *padrão* dominante para a maioria de nós, tanto que a poesia se utiliza de figuras como **"o sol"** simbolizando "a vida" e "as lágrimas" sendo representadas pela **"chuva"**.

Enquanto viajava em direção a Genebra, sua terra natal, para confortar a família, devastada emocionalmente pelo assassinato de William, Victor passa dois dias em Lausanne e lá, a paisagem formada pela tranquilidade das águas do lago e pelo brilho do sol nas montanhas cobertas de gelo recupera, em parte, o seu ânimo, que havia sido abalado pela notícia do trágico acontecimento. É o poder que o ambiente externo a nós tem de modificar o nosso panorama mental, positiva ou negativamente.

Quando nos encontramos em uma situação emocionalmente desfavorável, vítimas de uma profunda tristeza, podemos, certamente, observar a natureza ao nosso redor e deixar que a contemplação de sua beleza ajude a *curar* nossas "feridas psíquicas", ao exaltarmos o aspecto **positivo** da vida, apesar dos "pesares". Obviamente, não é nada fácil mantermos a calma e um sentimento assim tão "passivo" em momentos de crise, porém isto **não é algo impossível**, uma vez que a experiência frequentemente nos propicia inúmeros exemplos nesse sentido.

---

[59] "Aos poucos, o cenário calmo e celestial me revigorou e eu continuei minha viagem em direção a Genebra."

> *"…she accused herself of having caused the death of my brother, and that made her very wretched."* [60]

A acusação lançada por Elizabeth contra si mesma, com relação ao assassinato de William, apresenta dois aspectos interessantes. De um lado, a autocrítica "saudável" do ser humano, que procura sempre rever suas ações (ou, pelo menos, as que lhe parecem mais importantes) e analisá-las, a fim de verificar, segundo o seu entendimento, se agiu corretamente ou não. Esta reflexão – por mais breve que seja – ajudará o indivíduo a construir os seus valores (*bem x mal*, *certo x errado*, etc.), equipando-o melhor para tomar decisões em ocasiões futuras. Por outro lado, o excesso de autocrítica gera, por vezes, a **autoacusação**, sentimento nocivo ao ser humano, em qualquer circunstância, uma vez que não o auxiliará em nada.

A título de exemplo, imaginemos uma situação: um criminoso, após cometer um assassinato cruel e covarde contra uma vítima indefesa, é preso e condenado. Em determinado momento, ele se apercebe da dimensão do seu ato e sente um profundo arrependimento, não só devido à sua situação atual de presidiário, com a liberdade cerceada, mas até por um sentimento (tardio) de *compaixão* pela vítima. Reconhecer o erro e tentar, a partir do momento atual, proceder de forma diferente, será algo positivo e construtivo, porém martirizar-se a fim de dar uma satisfação à própria consciência, acreditando que, ao se "torturar" emocionalmente, a pessoa está recebendo a punição justa pelo ato cometido, será uma atitude que não produzirá uma mudança no comportamento do indivíduo, gerando, ao contrário, **desespero**, **tristeza** e **desânimo**, sentimentos que atentam contra a saúde mental do ser humano.

Em outras palavras, o arrependimento e o sentimento de culpa podem ser **produtivos** até certo ponto, na medida em que orientam o indivíduo a se melhorar e, dentro do possível, a tentar consertar o mau ato. No entanto, quando **o limite do amor-próprio é ultrapassado** e a pessoa passa a se martirizar e a cultivar a autopiedade, o caráter construtivo do arrependimento é desperdiçado e o indivíduo se afunda

---

[60] "Ela acusava a si mesma de haver causado a morte do meu irmão e isto a tornava muito infeliz."

na lama do desespero, sem nenhum proveito nem para si próprio nem para os outros.

*"How kind and generous you are!*
*Every one else believes in her guilt..."* [61]

O fato de Frankenstein acreditar na inocência de Justine Moritz [62], sendo, juntamente com Elizabeth, os únicos a fazê-lo, representa, ao mesmo tempo, uma atitude de prudência e coragem: *prudência*, porque eles não se basearam simplesmente nas evidências ("iniciais") que conferiam a Justine a autoria do assassinato e esperaram o aparecimento de novos dados na investigação, que revelariam o verdadeiro assassino, uma vez que acreditavam na boa índole da moça, o que a tornava (a seus olhos) incapaz de cometer tal atrocidade; e *coragem*, pois é difícil enfrentar a opinião da maioria, que, uma vez tendo algum indício de que determinada pessoa cometeu um delito, **conclui** que ela é culpada e já lhe direciona toda a indignação e o ódio suscitado pelas circunstâncias do crime.

Aquele que consegue, ao menos, vislumbrar que **a maioria pode estar enganada** e procura tirar suas próprias conclusões é alguém que desconfia do óbvio e sabe que este às vezes engana e nos faz **adotar juízos equivocados**. É aquela história de que *"nem tudo é o que parece"*...

---

[61] "Como você é gentil e generoso! Todos os outros acreditam que ela seja culpada..."

[62] Para uma breve explicação a respeito de Justine, ver o capítulo 6 do presente livro.

## Resumo do Capítulo 8

*O capítulo a seguir trata, basicamente, do julgamento de Justine Moritz e dos fatos acontecidos durante o mesmo, bem como de seu desfecho fatal: a morte da moça, condenada pelo assassinato de William Frankenstein.*

*O dilema vivido por Victor é um fato marcante do capítulo. Apesar de ser informado acerca da condenação de Justine, no dia seguinte ao do julgamento, ele sabe que o verdadeiro criminoso – a Criatura – continuava à solta e poderia cometer mais crimes. Por outro lado, para inocentar Justine, ele teria que tornar público o crime que ele mesmo havia cometido: a criação de um ser humano a partir de restos de cadáveres.*

*O confessor de Justine, para conseguir a "confissão" da acusada, utiliza um método que se assemelha a um dos adotados pela Inquisição (conselho criado pela Igreja Católica na Idade Média). Assim como no caso de Justine, a Inquisição, através da pressão psicológica e da ameaça de "perdição da alma" (além, é claro, de castigos físicos) levava o acusado a um estado de confusão e terror, e ele acabava por confessar até o que não havia feito. Tudo isso para se ver livre, o quanto antes, daquela tortura, frente à qual a morte parecia ser, naquele instante, algo preferível.*

*Com a morte de Justine, já são duas as vítimas "indiretas" do ato de Victor, ao criar um ser humano sem laços ou vínculos com nenhum grupo social, alguém que terá que aprender a distinção entre o bem e o mal por sua própria conta. A primeira vítima havia sido o seu próprio irmão, William Frankenstein.*

## Capítulo 8

*"The appearance of Justine was calm. She was dressed in mourning, and her countenance, always engaging, was rendered, by the solemnity of her feelings, exquisitely beautiful."* [63]

A beleza [64] é um estado da alma, tanto para quem a "irradia" quanto para aquele que a percebe. E esse estado pode ser alcançado até mesmo em situações aparentemente incapazes de "produzir" beleza, como a do julgamento de Justine, no qual o narrador Victor Frankenstein consegue captar, apesar de todo o clima de revolta contra o assassinato do jovem William, um brilho especial no rosto da acusada, o que a torna singularmente bela.

O ser humano pode e deve se utilizar da beleza como estado da alma e saber que, a partir deste princípio, todos nós podemos irradiá-la, ainda que ela não seja "unânime", como ocorre com as belas celebridades do mundo da fama, nas quais, no entanto, se paramos para pensar um pouco, a beleza – inerente ao ser humano, dependendo do estado da alma de quem irradia e de quem percebe, como dissemos acima – foi também "fabricada" pela mídia e pelos padrões culturais que predefiniram este *conceito* para toda uma sociedade. Aliás, não nos esqueçamos de que este **padrão** varia de época para época, de uma classe social para a outra, uma prova de que ele **não é absoluto**.

De um modo geral, apesar do fato de o indivíduo ter problemas físicos que poderiam ser caracterizados como "deformações", se ele próprio conseguir se ver como belo ou, pelo menos, desenvolver o *gosto* por si mesmo, a probabilidade de ele **irradiar** beleza aumentará consideravelmente, pois as pessoas irão se contagiar por este astral e até mesmo "se questionar" acerca do porquê de tanta autoconfiança,

---

[63] "A aparência de Justine era de tranquilidade. Ela estava vestida em traje de luto e o seu rosto, sempre tão atraente, tornou-se, pelo tom solene dos seus sentimentos, maravilhosamente belo."

[64] A beleza também é abordada (de uma forma um pouco diferente daquela tratada neste capítulo) no capítulo 2 do presente livro.

pensando: *"Será que aquela pessoa não tem mesmo uma certa beleza?"*. A partir daí, o próprio conceito de beleza do observador já estará colocado em xeque e ele não terá mais a segurança que tinha acerca do que é belo ou feio. E esta é também uma prova de que nossos padrões estéticos são altamente questionáveis e, portanto, frágeis!

Não estamos afirmando que a "feiura", ou melhor, a *"escassez de beleza"* não exista. A própria realidade nos coloca sob os olhos pessoas cuja aparência nos causa uma certa "repulsa". Mas, ainda assim, se pudermos imaginar estes mesmos indivíduos esteticamente *bem tratados*, observaremos que o seu visual irá mudar e, com ele, o "grau de repugnância" que os mesmos nos causaram em princípio. Daí para uma observação esteticamente mais favorável – que talvez até ceda o lugar a uma "atração" – pode ser uma distância não muito longa...

*"Justine was called on for her defence. As the trial had proceeded, her countenance had altered. Surprise, horror, and misery were strongly expressed."* [65]

A mudança no semblante de Justine reflete bem a instabilidade dos sentimentos humanos, principalmente quando sofremos forte pressão dos acontecimentos externos. Por este motivo, é **impossível prever** como nos sentiremos e, consequentemente, reagiremos em determinada situação (desfavorável). Neste sentido, acredito mesmo que os "heróis" se formam no próprio momento do ato heroico e que, muitas vezes, eles não seriam capazes de dizer, de antemão, o que iriam fazer ou como iriam se sentir no instante em que sua coragem *"fosse posta à prova"*.

No caso de Justine, ela assumiu uma *postura* calma e resignada no início do julgamento, mas, com o decorrer do mesmo, acabou ficando desesperada com a ideia da sua morte iminente e de uma maneira brutal (condenação à morte).

---

[65] "Justine foi chamada para falar em sua (própria) defesa. Com o prosseguimento do julgamento, o seu semblante havia se alterado. A surpresa, o horror e a desolação estavam visivelmente 'estampadas' [no seu rosto]."

Há relatos de que Tiradentes [66], após ter se "sacrificado" pelos demais inconfidentes e pela independência do Brasil em relação a Portugal, teria ficado, no dia da execução da sua pena (morte por enforcamento), bastante *apreensivo*, pedindo ao sacerdote (que recitava orações e "encomendava a sua alma aos céus") e ao carrasco *"que fossem breves"* [67]. Nada mais compreensível, para alguém que sabia que seria enforcado e ainda esquartejado depois. No entanto, este fato também ilustra a dificuldade do ser humano não só em manter uma certa "estabilidade" em seus sentimentos como até em se mostrar forte frente a um meio externo "desfavorável". O *"Mártir da Independência"* [68] deu, neste sentido, uma demonstração de grande coragem e desprendimento (da vida), apesar de não ter sido possível averiguar e registrar todo o "colapso emocional" que provavelmente ele estava vivenciando naqueles "intermináveis instantes".

---

[66] Apelido atribuído a Joaquim José da Silva Xavier (1746-1792), um dos líderes da chamada Inconfidência Mineira (1789), movimento que tinha por objetivo libertar o Brasil Colônia do jugo português. O movimento foi descoberto pelo governo de Portugal, "abafado" e seus líderes foram presos. Tiradentes foi o único do movimento a ser condenado à forca e morreu em 21 de abril de 1792.

[67] Informação extraída dos seguintes livros: *"1789"*, de Pedro Dória (capítulo "O Enforcado"); *"Confidências de um Inconfidente"* (romance mediúnico ditado pelo Espírito Tomás Antônio Gonzaga), de Marilusa Moreira Vasconcellos (capítulo "A Morte de Tiradentes"); e *"Tiradentes no Mundo Espiritual"* (psicografia ditada pelo Espírito Irmão Daniel), de Sandra Coronato Nunes (capítulo "O Desencarne de Tiradentes").

Neste ponto, abro um parêntese nesta nota de rodapé para explicar ao leitor que, apesar de eu ser espírita, procuro, ao máximo possível, não influenciar aquele que possui outra concepção religiosa, quando estou escrevendo sobre questões *psicológicas*, como é o caso do presente livro. Peço que o fato de eu apresentar aqui, como referência, dois livros "espíritas" (*"Confidências de um Inconfidente"* e *"Tiradentes no Mundo Espiritual"*) seja entendido como uma tentativa de "ilustrar" os *relatos* acerca da morte de Tiradentes e não como uma pretensão, de minha parte, de achar que o leitor necessariamente *acreditará* no que foi trazido por aqueles dois livros.

[68] Expressão que se refere a Tiradentes.

*"That she had been bewildered when questioned by the market-woman was not surprising, since she had passed a sleepless night and the fate of poor William was yet uncertain."* [69]

A **confusão mental** pela qual passou Justine, após ter *atravessado*, praticamente sem dormir, a noite que se seguiu ao assassinato de William é um fato cientificamente comprovado, que pode ocorrer quando se está privado de uma quantidade mínima de horas de sono. Em outras palavras, um certo grau de **desorientação espaço-temporal** pode ser motivado pela falta de sono, isto é, pela escassez de horas dormidas por um indivíduo. Daí podermos deduzir a importância do sono para a regularização do nosso aparato mental.

*"The tortures of the accused did not equal mine; she was sustained by innocence, but the fangs of remorse tore my bosom and would not forgo their hold."* [70]

A comparação que Victor Frankenstein faz entre o sofrimento de Justine, por ocasião do julgamento, e a sua própria "dor emocional" é interessante. Ela mostra que o nosso estado mental determina a dimensão do nosso sofrer. Em outras palavras, não há como medir o nível de sofrimento pelo qual um indivíduo está passando, muito menos saber qual é o maior sofrimento, ao se considerarem dois ou mais indivíduos. A dor emocional tem significado e dimensão dentro de um contexto, ao qual o próprio indivíduo é quem poderá ter o "melhor acesso".

Durante o julgamento, a dor de Justine, em meio ao temor e à expectativa de uma condenação à morte, é, na visão de Victor, "amenizada" pela sua **inocência**, ao passo que o **remorso** era, para ele, como um carrasco a lhe intensificar o sofrimento. Em certo sentido,

---

[69] "O fato de que ela estivesse confusa quando foi indagada pela vendedora não seria de causar surpresa, uma vez que ela havia passado uma noite sem dormir e o destino do pobre William ainda era incerto."

[70] "Os tormentos da acusada não se igualavam aos meus; ela estava amparada pela inocência, enquanto que os dentes afiados do remorso dilaceravam o meu peito e não iriam renunciar ao seu domínio."

o inocente, mais "livre" da culpa e da vergonha do delito, pode olhar os acusadores *de frente*, com uma **serenidade** que o distingue do culpado; por outro lado, saber-se acusado de algo do qual se é inocente também poderá causar a **revolta**, sentimento que, em contrapartida, aquele que foi condenado de forma "justa" apresenta, geralmente, em menor grau.

No entanto, não devemos nos esquecer de que, no universo das emoções humanas, tudo é relativo à maneira com que a mente consegue "lidar" com determinada situação. Não é que a realidade externa não tenha importância, mas a própria experiência nos ensina que indivíduos submetidos a situações **semelhantes** reagem de **formas diferentes**, tanto em termos comportamentais quanto a nível "interno", em consequência do modo com que "encaram" os fatos ao seu redor.

*"Ever since I was condemned, my confessor has besieged me; he threatened and menaced, until I almost began to think that I was the monster that he said I was."* [71]

Os métodos de "interrogatório", ao longo da História, sempre se utilizaram de meios **violentos** para se conseguir a confissão do suposto criminoso. Estamos nos referindo a uma violência que pode ser física ou mesmo psicológica (emocional), podendo, em ambos os casos, ser caracterizada como **tortura**, embora seja mais facilmente identificada como tal no primeiro caso (violência física).

No entanto, não podemos desconsiderar a **necessidade** de uma certa "pressão" por parte daqueles que procedem ao interrogatório, uma vez que, se o acusado souber que nada irá lhe acontecer, independentemente do fato de ele dizer ou não a verdade, dificilmente irá "cooperar" com a investigação. A própria **delação premiada** [72] acaba por representar um instrumento do qual a Justiça

---

[71] "Desde que fui condenada, meu confessor tem me pressionado (psicologicamente); ele me intimidou e ameaçou, até que quase comecei a pensar que eu era o monstro que ele dizia que eu era."

[72] Chama-se *delação premiada* à prática instituída no cenário jurídico brasileiro por meio da Lei 9.807/99, através da qual o delator poderá ter sua **pena reduzida** ao "entregar" (delatar) outros indivíduos envolvidos no mesmo crime, bem como

se utiliza para conseguir o "acesso à verdade" sem recorrer a meios violentos e, neste caso, apontando ao acusado uma possibilidade de o mesmo tirar proveito dessa cooperação. Ou seja: se o acusado não perceber que sua cooperação pode lhe causar algo bom ou, pelo menos, não piorar a sua situação, dificilmente se decidirá por ajudar na investigação, dizendo a ver.

Por outro lado, a obra de Shelley ilustra o **excesso** de pressão no interrogatório, no qual – muitas vezes encobrindo o interesse de se achar um culpado ou "bode expiatório" a qualquer custo – o interrogador "bombardeia" o acusado com repetidas perguntas, em longas sessões, fazendo-o mesmo *"duvidar de sua própria inocência".* É como uma "lavagem cerebral", que causa uma **desorientação** semelhante àquela abordada anteriormente, neste capítulo. No caso de Justine, o confessor funciona como *interrogador* e ameaça a ré de excomunhão [73], com a intenção de forçá-la a admitir a sua culpa. Dessa maneira (com a confissão da moça), aquele julgamento não seria visto pela população local (ou parte dela) como a condenação de uma inocente e, portanto, uma falha da Justiça.


*" 'How sweet is the affection of others(…)! It removes more than half my misfortune, and I feel as if I could die in peace now(…).' Thus the poor sufferer tried to comfort others and herself. She indeed gained the resignation she desired."* [74]

---

fornecer às autoridades informações a respeito das práticas delituosas promovidas pelo grupo criminoso, permitindo a localização da vítima ou a recuperação do produto do crime, por exemplo (informação extraída da página *"Âmbito Jurídico – o seu portal jurídico na Internet"*).

[73] A excomunhão é uma punição religiosa utilizada para se retirar ou suspender um crente de uma filiação ou comunidade religiosa. A palavra significa literalmente *colocar* [alguém] *fora da comunhão*. Na maioria dos casos, na excomunhão está implícita a **condenação espiritual** do excomungado.

[74] *" 'Como é doce a afeição dos outros(...)! Ela remove mais da metade da minha infelicidade e me sinto como se pudesse morrer em paz agora (...).' Dessa maneira a pobre sofredora tentava confortar os outros e a si mesma. Ela de fato ganhou a resignação que desejava ."*

A solidariedade que recebemos de outras pessoas em momentos desfavoráveis pode aliviar o nosso sofrimento e nos passar a sensação de que não estamos sós. Aceitá-la de bom grado, valorizando-a, é um recurso psicológico que devemos utilizar, embora o sofrimento emocional, por sua característica peculiar de ser, de certa forma, "subjetivo", seja um processo "solitário" [75], onde só nós seremos capazes de abranger a dimensão da nossa dor. No entanto, o fato de se passar por estes momentos sendo ajudados por outros pode realmente suavizar nossa caminhada, tornando-a mais facilmente suportável.

A afeição que Justine recebe de Victor e, principalmente, de Elizabeth lhe dá "forças" para consolá-los, e um consolo vindo de alguém que está numa situação pior que a nossa [76] tem um peso de "autoridade", quase como se esse alguém nos dissesse: *"Você, que diz estar sofrendo, olhe para a minha condição. Isto aqui é que é infelicidade!"*

Por fim, ao confortar os demais, Justine atinge um grau considerável de **resignação** face ao *inevitável*, um certo "sofrer com dignidade" que a coloca na posição de mártir. Não estamos afirmando que todos nós seríamos capazes de nos resignarmos em uma situação como a descrita por Shelley por ocasião do julgamento e da condenação de Justine, porém é provável que alguns de nós tivessem essa capacidade. No entanto, não teríamos como saber *de antemão*, só "na hora".

Neste sentido, acredito que, ainda que levemos em conta as características da personalidade de um indivíduo, o fato de ele vir ou não a ser um herói em determinado momento não poderá ser previsto. É por isto que um treinamento pode **ajudar** o indivíduo a se portar em determinada situação de maneira um tanto quanto "previsível", mas nunca poderemos ter a **certeza** de como nos comportaremos naquele **exato** momento, quando poderão acontecer imprevistos, como, por exemplo, um **surto** de pânico, que jogará todo um treinamento por terra.

---

[75] A questão da "solidão humana" frente a determinados aspectos da vida emocional foi tratada também no capítulo 3 do presente livro.

[76] Lembremos que Justine havia sido condenada à morte, enquanto que Frankenstein e sua "prima", apesar de moralmente abalados com o triste destino da moça, continuariam a viver.

## *Finalizando o Volume 1*

Após a leitura das *Cartas* e dos Capítulos de 1 a 8, termina a Primeira Parte de *"Frankenstein"*, que havia começado com a correspondência enviada pelo Capitão Walton à sua irmã (como mencionei na *Introdução* do presente livro) e culmina com a morte de Justine Moritz, condenada pelo assassinato do irmão mais novo de Victor, William Frankenstein. Paralelamente, eu termino este **Volume 1**, que faz uma releitura psicológica da referida Primeira Parte do livro de Shelley.

No Volume 2 – que pretendo publicar em breve – tratarei da abordagem psicológica dos Capítulos de 9 a 17 (Segunda Parte) e teremos, entre outras coisas, a "versão" da Criatura, ou seja, a explicação acerca do que motivou os atos criminosos narrados na Primeira Parte. Saberemos, ainda, o que aconteceu ao "monstro de Frankenstein", no período que se seguiu ao seu abandono por Victor.

Como se pode notar, há um material extremamente *rico* à nossa frente e espero poder ter o aprofundamento necessário para continuar a trazer ao leitor, no Volume 2, uma reflexão psicológica que seja capaz de ajudá-lo a enxergar o mundo à nossa volta com cores mais "vivas", apesar de todo sofrimento que permeia a existência humana e a torna, por vezes, um tanto quanto sombria.

Até breve!

Fontes de consulta e inspiração:

- **"Frankenstein"**, by Mary Wollstonecraft Shelley (*livro digital* em inglês), *baixado da página* http://www.planetebook.com.
- **"Frankenstein"**, The ELT Graphic Novel – Mary Shelley – adapted for ELT by Bright Viney, 2009, Heinle, Cengage Learning (*livro ilustrado em quadrinhos, em inglês)*
- **"Frankenstein o il Moderno Prometeo"**, Mary Shelley, introduzione e note di Adele D'Arcangelo, 2007, Giunti Editore S.p.A. *(livro em italiano)*
- **"Frankenstein, de Mary Shelley"**, (producão de "American Zoetrope",1994), *filme estrelado por Robert de Niro, Kenneth Branagh e Helena Bonhan Carter.*
- **"Frankenstein"**, TV Mini-Series, 2004 (produção de James Wilberger), *minissérie estrelada por Alec Newman, William Hurt, Donald Sutherland e Luke Goss*